MINHA IRMÃ, A SERIAL KILLER

OYINKAN BRAITHWAITE

MINHA IRMÃ, A SERIAL KILLER

Tradução de Carolina Kuhn Facchin

kapulana
editora

São Paulo
2019

Copyright © 2019 Editora Kapulana Ltda. – Brasil
Copyright © Oyinkan Braithwaite, 2018

Proibida a venda desta edição em Portugal.

Direção editorial:	Rosana M. Weg
Tradução:	Carolina Kuhn Facchin
Projeto gráfico:	Daniela Miwa Taira
Capa:	Mariana Fujisawa e Daniela Miwa Taira

Dados internacionais de Catalogação na Publicação (CIP)
(Câmara Brasileira do Livro, SP, Brasil)

Braithwaite, Oyinkan
  Minha irmã, a serial killer/ Oyinkan
Braithwaite; tradução de Carolina Kuhn Facchin. --
São Paulo: Kapulana publicações, 2019.

  Título original: My sister, the serial killer.
  ISBN 978-85-68846-49-0

  1. Ficção nigeriana em inglês I. Título.

19-23989   CDD-823.92

Índices para catálogo sistemático:
1. Ficção: Literatura nigeriana em inglês   823.92

Iolanda Rodrigues Biode - Bibliotecária - CRB-8/10014

2024
1ª reimpressão

Reprodução proibida (Lei 9.610/98).
Todos os direitos desta edição reservados à Editora Kapulana Ltda.
Rua Henrique Schaumann, 414, 3º andar,
CEP 05413-010, São Paulo, SP, Brasil
editora@kapulana.com.br – www.kapulana.com.br

Para minha família, que amo muito:
Akin, Tokunbo, Obafunke, Siji, Ore.

PALAVRAS

Ayoola me convoca dizendo: – Korede, eu o matei.
Eu tinha esperado nunca mais ouvir essas palavras.

ÁGUA SANITÁRIA

Aposto que você não sabia que a água sanitária apenas esconde o cheiro de sangue. A maioria das pessoas usa água sanitária indiscriminadamente, presumindo que é um produto multiuso, nunca se preocupando em ler a lista de componentes na parte de trás da embalagem, nunca se preocupando em retornar à superfície recém-limpa para examinar mais de perto. A água sanitária desinfeta, mas não é muito eficiente na limpeza de resíduos; então, só a uso depois de ter esfregado o banheiro, eliminando qualquer traço de vida, e de morte.

É óbvio que o cômodo em que nos encontramos foi reformado recentemente. Tem aquela aparência de algo que nunca foi usado, especialmente agora que passei quase três horas limpando tudo. A parte mais difícil foi alcançar o sangue que havia escorrido entre o box e a barreira de silicone impermeabilizante. É uma parte fácil de esquecer.

Não há nada em cima de nenhuma das superfícies; seu sabonete, escova e pasta de dentes estão todos guardados no armário sobre a pia. E há o tapete do chuveiro – um sorriso preto em um retângulo amarelo em um cômodo todo branco.

Ayoola está empoleirada no vaso sanitário, os joelhos dobrados e os braços ao redor deles. O sangue no vestido dela secou e não há risco de pingar no chão branco e, agora, brilhoso. Seus *dreadlocks* estão amontoados no topo da cabeça, para não encostarem no chão. Ela fica me olhando com grandes olhos castanhos, com medo que eu esteja brava, que eu logo vá levantar das minhas mãos e joelhos para dar uma bronca nela.

Não estou brava. Se estou qualquer coisa, é cansada. O suor da minha testa cai no chão e uso a esponja azul para secá-lo.

Eu estava prestes a jantar quando ela me ligou. Tinha colocado tudo na bandeja – o garfo estava à esquerda do prato, a faca à direita.

Dobrei um guardanapo como uma coroa e coloquei no centro do prato. O filme estava pausado nos créditos iniciais e o timer do forno tinha recém apitado, quando meu celular começou a vibrar violentamente sobre a mesa.

Quando eu chegar em casa, a comida já estará fria.

Levanto e lavo as luvas na pia, mas não as tiro das mãos. Ayoola está olhando para meu reflexo no espelho.

– Precisamos mover o corpo – digo.

– Você está brava comigo?

Talvez uma pessoa normal estivesse brava, mas o que sinto agora é uma necessidade urgente de sumir com o corpo. Quando cheguei lá, nós o carregamos até o porta-malas do carro, para que eu pudesse esfregar e enxugar sem ter que suportar seu olhar gelado.

– Pegue sua bolsa – respondo.

Voltamos ao carro e ele ainda está no porta-malas, nos esperando.

A Terceira Ponte Continental quase não tem tráfego a essa hora da noite, e como não há postes de luz, o escuro é quase total; mas, se você olhar para além da ponte, consegue ver as luzes da cidade. Fomos até onde havíamos levado o último corpo – por cima da ponte e para dentro da água. Ao menos ele não estará sozinho.

O sangue encharcou o forro do porta-malas. Ayoola se oferece para limpar, por se sentir culpada, mas arranco minha mistura caseira de uma colher de amônia para dois copos de água das mãos dela e derramo sobre a mancha. Não sei se eles têm a tecnologia para investigação completa de uma cena de crime em Lagos, mas Ayoola nunca limparia tão eficientemente quanto eu.

O CADERNO

— Quem era?
— Femi.
Anoto o nome. Estamos em meu quarto. Ayoola está sentada em meu sofá, as pernas cruzadas, a cabeça descansando na almofada do encosto. Enquanto ela tomava banho, coloquei fogo no vestido que ela estava usando. Agora ela veste uma camiseta cor-de-rosa e cheira a talco de bebê.
— E o sobrenome?
Ela franze o rosto, apertando os lábios, e balança a cabeça como se estivesse tentando jogar o nome de volta para a parte da frente do cérebro. Mas não adianta. Ela dá de ombros. Eu deveria ter pegado a carteira dele.
Fecho o caderno. É pequeno, menor do que a palma da minha mão. Uma vez assisti a um TEDx no qual um homem dizia que carregar um caderno e anotar um momento feliz por dia tinha mudado a vida dele. Foi por isso que comprei o caderno. Na primeira página, escrevi, "Vi uma coruja branca pela janela do quarto". Desde então, o caderno ficou basicamente vazio.
— Não é minha culpa, sabe — mas não sei. Não sei a que ela se refere. Ela está falando de não conseguir lembrar do sobrenome? Ou da morte?
— Me conte o que aconteceu.

O POEMA

Femi fez um poema para ela.
(Ela consegue lembrar do poema, mas não do sobrenome dele).

Desafio você a encontrar um defeito
na beleza dela;
ou a apresentar uma mulher
que possa ficar ao seu
lado sem definhar.

E entregou a ela escrito em um pedaço de papel, dobrado duas vezes, uma lembrança dos tempos de ensino médio, quando crianças passam bilhetes de amor entre si nos fundos de salas de aula. Ela se sentiu tocada por tudo isso (se bem que Ayoola sempre se sente tocada pela adoração de seus méritos) e, por isso, concordou em ser sua garota.

No aniversário de um mês de namoro, ela o esfaqueou no banheiro de seu apartamento. Não era a intenção, é claro. Ele estava bravo, gritando, o hálito manchado de cebola quente no rosto dela.

(Mas por que ela tinha uma faca?)

A faca era para proteção. Você nunca sabe com homens, eles querem o que querem quando querem. Não queria matá-lo, queria assustá-lo, mas ele não tinha medo da arma. Tinha mais de um metro e oitenta, e ela provavelmente parecia uma boneca de sua perspectiva, o corpo pequeno, longos cílios e lábios rosados e cheios.

(A descrição é dela, não minha).

Ela o matou com o primeiro golpe, direto no coração. Mas o esfaqueou mais duas vezes para ter certeza. Ele caiu no chão. Ela conseguia ouvir a própria respiração, e só.

CORPO

Você já ouviu essa? Duas jovens entram em um quarto. O quarto é em um apartamento. O apartamento é no terceiro andar. No quarto está o corpo morto de um homem adulto. Como elas levaram o corpo até o andar térreo sem serem vistas?

Primeiro, elas arranjaram materiais.

– De quantos lençóis precisamos?

– Quantos ele tem? – Ayoola saiu do banheiro e voltou portando a informação de que havia cinco lençóis no armário da lavanderia. Mordi meu lábio. Precisávamos de vários, mas eu temia que a família dele desconfiasse se a única roupa de cama que ele tivesse fosse a que estava na cama. Para o macho médio, não haveria nada de peculiar nisso – mas este homem era meticuloso. A prateleira de livros era organizada alfabeticamente, por autor. O banheiro estava abastecido com diversos produtos de limpeza, ele até comprava a mesma marca de desinfetante que eu. E a cozinha brilhava. Ayoola parecia fora do lugar aqui – uma mancha em uma existência pura.

– Traga três.

Segundo, elas limpam o sangue.

Absorvi o sangue com uma toalha e torci na pia. Repeti o movimento até o chão estar seco. Ayoola ficou ao redor, apoiando-se em um pé, depois no outro. Ignorei a impaciência dela. Leva-se muito mais tempo para descartar um corpo do que descartar uma alma, especialmente se você não quer deixar para trás nenhuma evidência criminosa. Mas meus olhos ficavam desviando para o cadáver amontoado, encostado contra a parede. Eu não conseguiria fazer um trabalho completo até que o corpo dele estivesse em outro lugar.

Terceiro, elas o transformam em uma múmia.

Esticamos os lençóis no chão, que agora estava seco, e ela o rolou até eles. Eu não queria tocá-lo. Conseguia enxergar o torso bem-definido debaixo da camiseta. Ele tinha a aparência de um homem que sobreviveria a algumas feridas, mas Aquiles e César também tinham. Era uma pena pensar que a morte reduziria seus ombros largos e abdômen côncavo, até que fossem nada além de ossos. Quando cheguei, verifiquei seu pulso três vezes, e mais três. Ele poderia estar dormindo, parecia tão tranquilo. A cabeça curvada, as costas encostadas na parede, as pernas tortas.

Ayoola arfou e bufou enquanto o empurrava para cima dos lençóis. Secou o suor da testa e deixou uma mancha de sangue. Dobrou uma parte do lençol sobre o corpo, escondendo-o. Então, ajudei a enrolá-lo e fechá-lo firmemente dentro dos lençóis. Paramos e olhamos para ele.

– E agora? – ela perguntou.

Quarto, elas movem o corpo.

Poderíamos ter usado as escadas, mas nos imaginei carregando o que era claramente um corpo grosseiramente enrolado e encontrando alguém no caminho. Inventei algumas desculpas...

– Estamos pregando uma peça no meu irmão, ele dorme muito profundamente, estamos movendo seu corpo adormecido para outro lugar...

– Não, não, não é um homem de verdade, quem você acha que somos? É um manequim.

– Não, *ma*, é só um saco de batatas.

Imaginei os olhos das minhas testemunhas inventadas se arregalando de medo, enquanto ele ou ela fugiam. Não, as escadas não eram opção.

– Precisamos pegar o elevador.

Ayoola abriu a boca para fazer uma pergunta, depois balançou a cabeça e fechou-a. Ela já tinha completado sua parte, o resto era minha responsabilidade. Levantamos o corpo. Eu deveria ter usado meus joelhos, não minhas costas. Senti algo estalar e deixei cair meu lado do corpo com um baque. Minha irmã virou os olhos. Peguei os pés novamente e o carregamos até a porta.

Ayoola apressou-se até o elevador, pressionou o botão, correu de volta até nós e levantou os ombros dele mais uma vez. Espiei para fora do apartamento e confirmei que o andar ainda estava vazio. Senti a tentação de rezar, implorar que nenhuma porta se abrisse enquanto nos movíamos da porta até o elevador, mas tenho quase certeza que esses são exatamente os tipos de preces que Ele *não* atende. Escolhi, em vez disso, confiar na sorte e na pressa. Arrastamos os pés silenciosamente pelo chão de pedra. O elevador apitou no momento certo e abriu a boca para nós. Ficamos para um lado enquanto eu confirmava que o elevador estava vazio, e o colocamos para dentro, amontoando-o em um canto, fora de visão imediata.

– Por favor, segure o elevador! – gritou uma voz. Do canto do meu olho, vi Ayoola prestes a apertar o botão; aquele que impede o elevador de fechar as portas. Bati na mão dela e esmurrei o botão térreo repetidamente. As portas do elevador fecharam e vislumbrei o rosto desapontado de uma jovem mãe. Senti-me um pouco culpada, ela tinha um bebê em um braço e sacolas no outro; mas não me senti culpada a ponto de arriscar ser presa. Além disso, boa coisa ela não estava fazendo, saindo de casa naquele horário, com uma criança nos braços.

– O que tem de errado com você? – rosnei para Ayoola, mesmo sabendo que seu movimento havia sido instintivo; possivelmente o mesmo comportamento instintivo que a fazia direcionar facas para a carne.

– Foi mal – sua única resposta. Engoli as palavras que ameaçavam transbordar da minha boca. Este não era o momento.

No andar térreo, deixei Ayoola vigiando o corpo e segurando o elevador. Se alguém andasse em sua direção, ela devia fechar as portas e ir até o último andar. Se alguém tentasse chamar o elevador de outro andar, ela devia segurar as portas. Corri para pegar meu carro e dirigi até os fundos do prédio, onde carregamos o corpo para fora do elevador. Meu coração só parou de martelar meu peito quando fechamos o porta-malas.

Quinto, elas usam a água sanitária.

UNIFORME

A administração do hospital decidiu mudar o uniforme das enfermeiras de branco para rosa claro, já que o branco estava começando a parecer creme coalhado. Mas continuo com meu branco – ainda parece novinho.

Tade percebe.

– Qual é o seu segredo? – pergunta, tocando a bainha da minha manga. É como se ele tivesse tocado minha pele: calor se espalha pelo meu corpo. Entrego o histórico do próximo paciente e tento pensar em maneiras de continuar a conversa, mas a verdade é que não tem como fazer limpeza parecer sensual, a não ser que você esteja lavando um carro esporte, de biquíni.

– O Google é seu amigo – digo.

Ele ri e olha o histórico, e suspira.

– Sra. Rotinu, de novo?

– Acho que ela só gosta de ver seu rosto, doutor – ele levanta os olhos e sorri. Tento sorrir de volta sem demonstrar que receber atenção dele fez minha boca secar. Enquanto saio do quarto, balanço os quadris do jeito que Ayoola gosta de fazer.

– Você está bem? – ele pergunta quando minha mão alcança a maçaneta. Viro para encará-lo.

– Hmmm?

– Você está andando engraçado.

– Ah, ahn... Torci um músculo. – "Vergonha, eu conheço seu nome". Abro a porta e saio do quarto rapidamente.

A Sra. Rotinu está em uma das várias poltronas de couro que temos na recepção. Temos tantas que ela está sentada sozinha em uma, e usou o espaço extra para acomodar a bolsa e a *nécessaire* de maquiagem ao seu lado. Os pacientes levantam os olhos conforme ando em sua direção, na esperança de que seja a vez deles. A Sra.

Rotinu está passando pó no rosto, mas pausa quando me aproximo.
– O doutor está pronto para me ver? – faço que sim e ela levanta, fechando o pó compacto com um clique. Sinalizo para que ela me siga, mas ela me para com uma mão em meu ombro: – Eu sei o caminho.

A Sra. Rotinu tem diabetes – tipo 2. Em outras palavras, se ela comer direito, perder um pouco de peso e tomar a insulina na hora certa, não há motivo para a vermos tão frequentemente quanto vemos. Porém, lá vai ela, quase saltitando até o escritório de Tade. Mas eu entendo. Ele tem a habilidade de olhar para você e fazer você se sentir como se fosse a única coisa que importa pelo tempo em que tiver sua atenção. Ele não desvia o olhar, os olhos não ficam vidrados, e é generoso com o sorriso.

Redireciono meus passos para o balcão da enfermagem e bato minha prancheta nele, forte o bastante para acordar Yinka, que encontrou um jeito de dormir de olhos abertos. Bunmi faz cara feia para mim, porque está ao telefone marcando hora para um paciente.

– Que merda é essa, Korede? Não me acorda a não ser que haja um incêndio.

– Isso é um hospital, não uma hospedaria.

Ela murmura "vaca" enquanto me afasto, mas ignoro. Outra coisa chamou minha atenção. Expiro através dos dentes e vou atrás de Mohammed. Mandei que ele fosse para o terceiro andar há uma hora, e é isso mesmo, ele ainda estava ali, apoiado no esfregão e flertando com Assibi, que tem o cabelo longo e com permanente, e cílios surpreendentemente espessos, outra faxineira. Ela foge assim que me vê vindo pelo corredor. Mohammed se vira para me encarar.

– *Ma*, eu estava só...

– Não me importa. Você lavou as janelas da recepção com água e ¼ de vinagre destilado, como eu pedi?

– Sim, *ma*.

– Ok... me mostre o vinagre – ele muda o peso de um pé para o outro, olhando para o chão e tentando descobrir como sair da mentira que havia contado. Não me surpreende que ele não consiga limpar janelas, consigo cheirá-lo a três metros de distância, e é um odor rançoso e estagnado. Infelizmente, o cheiro de uma pessoa não é motivo para demissão.

– Eu não *ver* onde eu vou comprar *sou de*.

Dou-lhe instruções para chegar até a loja mais próxima e ele se arrasta até a escada, deixando o balde no meio do corredor. Chamo-o de volta para que limpe a própria sujeira.

Quando retorno ao andar térreo, Yinka está dormindo novamente – os olhos fixados no nada, parecidos com os de Femi. Pisco para espantar a imagem da minha mente e viro para Bunmi.

– A Sra. Rotinu já foi?

– Não – Bunmi responde. Suspiro. Há outras pessoas na sala de espera. E todos os médicos parecem estar ocupados com pessoas falantes. Se dependesse de mim, cada paciente teria um tempo de consulta pré-determinado.

O PACIENTE

O paciente do quarto 313 é Muhtar Yautai. Ele está deitado na cama, os pés pendurados para fora. Tem pernas de mosquito, e o torso ao qual elas estão conectadas é bastante longo também. Já era um homem magro quando chegou, mas emagreceu mais ainda. Se não acordar logo, definhará.

Pego a cadeira do lado da mesa que fica no canto do cômodo e a coloco a alguns centímetros da cama. Sento nela, descansando a cabeça nas mãos. Sinto uma enxaqueca chegando. Vim conversar sobre Ayoola, mas é Tade que não consigo tirar da cabeça.

– Eu... Eu queria...

Há um bipe reconfortante que vem em intervalos de segundos da máquina que monitora o coração. Muhtar não se move. Ele está em estado de coma há cinco meses – um acidente de carro com o irmão, que estava dirigindo. Tudo que o irmão recebeu por sua participação foram lesões cervicais.

Encontrei sua esposa uma vez; ela me fez pensar em Ayoola. Não é que sua aparência fosse memorável, mas ela parecia completamente alheia a tudo que não fosse suas necessidades.

– Não é caro mantê-lo em um coma assim? – ela tinha perguntado.

– Você quer desligar os aparelhos? – respondi.

Ela elevou o queixo, ofendida pela pergunta.

– É apenas justo que eu saiba no que estou me metendo.

– Pelo que entendi, o dinheiro está vindo das propriedades dele...

– Bem, sim... Mas... Eu... Eu estou só...

– Com sorte, ele logo sairá do coma.

– Sim... com sorte.

Mas muito tempo se passou desde aquela conversa e já está se aproximando o dia em que mesmo os filhos pensarão que desligar os aparelhos é o melhor para todos.

Até lá, ele cumpre o papel de ótimo ouvinte e amigo preocupado.
– Queria que Tade me enxergasse, Muhtar. Me enxergasse de verdade.

CALOR

O calor é opressor, então conservamos energia restringindo nossos movimentos. Ayoola está jogada na minha cama em um sutiã de renda rosa e fio-dental de renda preta. Ela é incapaz de usar roupas de baixo práticas. A perna está pendurada de um lado, o braço do outro. Ela tem o corpo de uma sedutora de clipe musical, uma mulher de vermelho, um súcubo. Ele contradiz o rosto angelical. Ela suspira ocasionalmente, para demonstrar que está viva.

Já liguei para o técnico do ar condicionado, que insistiu que estava a dez minutos de distância. Há duas horas.

– Estou morrendo – ela geme.

Nossa doméstica entra carregando um ventilador e o coloca de frente para Ayoola, como se nem enxergasse o suor escorrendo pelo meu rosto. O zumbido alto das lâminas é seguido por uma rajada de ar e o quarto esfria muito ligeiramente. Desço minhas pernas do sofá e me arrasto até o banheiro. Encho a pia com água fria e lavo o rosto, encarando a água ondulante. Imagino um corpo flutuando para longe. O que Femi pensaria de seu destino, apodrecer debaixo da Terceira Ponte Continental?

De qualquer modo, a ponte já conhecia a morte.

Há não muito tempo, um ônibus BRT, completamente lotado, dirigiu para fora da ponte e para dentro do lago. Ninguém sobreviveu. Depois disso, os motoristas de ônibus passaram a gritar "Direto para *osa*! Direto para *osa*!" para seus possíveis passageiros. Direto para o lago! Direto para o lago!

Ayoola entra se arrastando, abaixando as calcinhas, "Preciso fazer xixi". Senta no vaso sanitário e suspira contente quando a urina tamborila na cerâmica.

Tiro o tampão da pia e saio. Está quente demais para reclamar que ela use meu banheiro, ou para lembrá-la de que ela tem o dela. Está quente demais para falar.

Deito em minha cama, aproveitando a ausência de Ayoola, e fecho os olhos. E lá está ele. Femi. O rosto gravado para sempre em minha mente. Não consigo deixar de imaginar como ele era. Os outros eu conheci antes que morressem, mas Femi era um estranho.

Sabia que ela estava saindo com alguém, todos os sinais estavam lá – os sorrisos tímidos, as conversas até tarde da noite. Eu deveria ter prestado mais atenção. Se o tivesse conhecido, talvez tivesse percebido este temperamento violento que ela diz que ele tinha. Talvez eu pudesse tê-la afastado, e teríamos evitado este resultado.

Escuto a descarga do banheiro bem quando o telefone de Ayoola vibra ao meu lado, me dando uma ideia. O telefone tem uma senha para proteção, se é possível chamar "1234" de proteção. Passo por suas várias selfies, até encontrar uma foto dele. A boca está fixa em uma linha reta, mas os olhos estão rindo. Ayoola está na foto, linda como sempre, mas a energia dele enche a tela. Sorrio para ele.

– O que você está fazendo?

– Você recebeu uma mensagem – informo, deslizando rapidamente de volta à página inicial.

INSTAGRAM

#FemiDuranddesapareceu viralizou. Um post em particular está recebendo muita atenção – o da Ayoola. Ela postou uma foto deles juntos, anunciando a si mesma como a última pessoa que o viu vivo, com uma mensagem implorando que qualquer um, *qualquer um*, entre em contato se souber de qualquer coisa que possa ser útil.

Ela estava em meu quarto quando fez este post, assim como agora, mas não mencionou o que estava fazendo. Ela diz que não se pronunciar faz com que ela pareça fria; afinal, era seu namorado. O telefone toca e ela atende.

– Alô?

Momentos depois, ela me chuta.

– Que...?

"É a mãe do Femi", ela faz com a boca. Fico tonta; como diabos ela conseguiu o número da Ayoola? Ela coloca o telefone no viva voz.

– ... querida, ele disse se estava indo para algum lugar?

Balanço a cabeça violentamente.

– Não, ma. Eu fui embora bem tarde – Ayoola responde.

– Ele não foi trabalhar no dia seguinte.

– Hummm... Às vezes ele saía para correr à noite, *ma*.

– Eu sei, eu falei para ele, falava o tempo todo que não era seguro – a mulher do outro lado da linha começa a chorar. Os sentimentos dela são tão fortes que começo a chorar também; não faço barulho, mas as lágrimas às que não tenho direito queimam meu nariz, minhas bochechas, meus lábios. Ayoola começa a chorar também. Sempre que eu começo, ela começa. Sempre foi assim. Mas eu choro raramente, o que até é bom. O choro dela é alto e escandaloso. Eventualmente, o choro se torna soluços e nos aquietamos. – Continue rezando pelo meu menino – a mulher diz roucamente, antes de desligar.

Ataco minha irmã.

– Qual é a merda do seu problema?

– Quê?

– Você não percebe a gravidade do que fez? Você está gostando disso?

Os olhos escurecem e ela começa a enrolar os dreadlocks.

– Agora você me olha como se eu fosse um monstro – a voz está tão baixa que quase não consigo ouvir.

– Não acho que você é...

– Isso é culpabilização da vítima, sabia...

Vítima? Seria meramente coincidência que Ayoola nunca tenha tido nenhuma marca, em nenhum desses incidentes com esses homens; nem mesmo um hematoma? O que ela quer de mim? O que ela quer que eu diga? Conto os segundos; se esperar demais para responder, será uma resposta em si mesma, mas sou salva pela porta se abrindo. Mamãe entra, uma mão segurando seu *gèlè* semi-formado.

– Segure isso para mim.

Levanto e seguro a parte do *gèlè* que está solta. Ela se ajeita para ficar de frente para o espelho de corpo inteiro. Seus olhos em miniatura examinam o nariz largo e os lábios grossos, grandes demais para o rosto magro e oval. O batom vermelho que ela passou acentua ainda mais o tamanho da boca. Minha aparência é idêntica à dela. Até compartilhamos uma pintinha embaixo do olho esquerdo – não deixo de perceber a ironia. A beleza de Ayoola é um fenômeno que surpreendeu minha mãe. Ela ficou tão agradecida que esqueceu de continuar tentando ter um menino.

– Vou ao casamento da filha da Sope. Você duas deveriam ir. Quem sabe conhecessem alguém lá.

– Não, obrigada – respondo rigidamente.

Ayoola sorri e balança a cabeça. Mamãe franze a testa no espelho.

– Korede, você sabe que sua irmã irá se você for; você não quer que ela se case? – como se Ayoola vivesse de acordo com as regras de qualquer um além das dela. Escolho não responder à frase sem sentido de minha mãe, nem reconhecer o fato de que ela está muito mais interessada no destino matrimonial de Ayoola do que no meu. É como se o amor fosse só para os belos.

Afinal, *ela* não teve amor. O que ela teve foi um político como pai, e por isso conseguiu amarrar um homem, só porque ele via o casamento como o meio para um fim.

O *gèlè* está pronto, uma obra de arte no topo da cabecinha da minha mãe. Ela inclina a cabeça para um lado e para o outro, e franze a testa, infeliz com a própria aparência apesar do *gèlè*, das joias caras e da maquiagem aplicada com expertise.

Ayoola levanta e lhe dá um beijo na bochecha.

– Olha, você não está elegante? – diz. No momento em que ela fala, torna-se verdadeiro: nossa mãe incha de orgulho, levanta a cabeça e alinha os ombros. Ela parece uma viúva rica agora, no mínimo. – Deixa eu tirar uma foto sua? – Ayoola pergunta, pegando o telefone.

Mamãe faz umas cem poses, com Ayoola na direção, e depois elas examinam a obra na tela e selecionam a foto que as deixa satisfeitas – uma em que mamãe está de lado, com a mão no quadril e a cabeça atirada para trás, rindo. É uma boa foto. Ayoola se ocupa no telefone, mordendo o lábio.

– O que você está fazendo?
– Postando a foto no Instagram.
– Você está doida? Ou você esqueceu seu último post?
– Qual foi o último post? – mamãe pergunta.

Sinto um arrepio passando pelo meu corpo. Tem acontecido muito ultimamente. Ayoola responde.

– Eu... Femi está desaparecido.
– Femi? Aquele rapaz que você estava namorando?
– Sim, Mamãe.
– *Jésù ṣàánú fún wa*! Por que você não me disse?
– Eu... Eu... Estava em choque.

Mamãe corre até Ayoola e a puxa para um abraço apertado.
– Sou sua mãe, você deve me contar tudo. Entendeu?
– Sim, mãe.
Mas é claro que ela não pode. Ela não pode contar-lhe tudo.

TRÁFEGO

Estou sentada em meu carro, mexendo no rádio, alternando entre estações porque não há mais nada para fazer. O trânsito é a praga desta cidade. São apenas 5:15 da manhã e meu carro é um entre muitos apertados na estrada, incapazes de se mover. Meu pé está cansado de segurar e soltar o freio.

Levanto os olhos do rádio e inadvertidamente encontro o olhar de um dos guardas da LASTMA que está espreitando ao redor da fila de carros, selecionando sua próxima vítima infeliz. Ele chupa as bochechas, franze a testa e caminha em minha direção.

Meu coração cai no chão, mas não há tempo para pegá-lo de volta. Firmo meus dedos ao redor do volante para acalmar o tremor em minhas mãos. Sei que isso não tem nada a ver com Femi. Não pode ter nada a ver com Femi. A polícia de Lagos não chega nem perto desta eficiência. Os encarregados de manter nossas ruas seguras passam a maior parte do tempo extorquindo dinheiro do público em geral para completar seu salário mísero. Não há chance de eles já suspeitarem de nós.

Além disso, esse homem é da LASTMA. Sua maior tarefa, sua razão de ser: perseguir pessoas que passam um sinal vermelho. Pelo menos é o que digo a mim mesma quando começo a me sentir fraca.

O homem bate na minha janela. Abro alguns centímetros – o suficiente para evitar irritá-lo, mas não o suficiente para sua mão passar e destrancar minha porta.

Ele descansa a mão no meu teto e se inclina para frente, como se fôssemos dois amigos prestes a ter um *tête-à-tête* casual. A camisa amarela e a calça cáqui marrom estão tão engomadas que mesmo o vento forte é incapaz de agitar o tecido. Um uniforme em ordem é um reflexo do respeito do proprietário por sua profissão; ao menos essa é a ideia. Seus olhos são escuros, dois poços em um vasto deserto – ele é quase tão claro quanto Ayoola. Ele cheira a mentol.

– Você sabe por que te parei?

Sinto-me tentada a observar que foi o trânsito que me parou, mas a futilidade da minha posição é clara demais. Não tenho como fugir.

– Não, senhor – respondo, da forma mais meiga que consigo. Com certeza, se eles estivessem suspeitando de nós, não mandariam a LASTMA, e não agiriam aqui. Com certeza...

– O cinto de segurança. Você não está usando o cinto de segurança.

– Ah... – permito-me respirar. Os carros na minha frente andam um pouco, mas sou obrigada a ficar parada.

– Habilitação e registro do carro, por favor.

Hesito em entregar minha habilitação para este homem. Seria tão imprudente quanto permitir que ele entrasse em meu carro – ele estaria no comando. Não respondo imediatamente, então ele tenta abrir minha porta, grunhindo quando a encontra trancada. Ele se endireita, os modos conspiratórios abandonados.

– Senhora, eu disse habilitação e registro! – cospe.

Em um dia normal, eu contestaria, mas não posso chamar a atenção para mim agora, não enquanto estiver dirigindo o carro que transportou Femi para seu local de descanso final. Minha mente caminha até a mancha de água sanitária no porta-malas.

– *Oga* – digo, com o máximo de respeito que consigo –, sem problema. Foi um erro. Não acontece de novo – as palavras são mais dele do que minhas. Mulheres cultas enraivecem esse tipo de homem, então tento usar uma linguagem simples, mas suspeito que minha tentativa tenha evidenciado minha educação ainda mais.

– Essa mulher, abra a porta!

Ao meu redor, os carros continuam a avançar. Algumas pessoas me lançam um olhar simpático, mas ninguém para e ajuda.

– *Oga*, por favor, vamos conversar, com certeza podemos chegar a um acordo – meu orgulho se divorciou de mim. Mas o que posso fazer? Em qualquer outro momento, chamaria este homem de criminoso, que é o que ele é; mas as ações de Ayoola me obrigam a ser cuidadosa. O homem cruza os braços, insatisfeito,

mas disposto a ouvir. – Eu não mente, não tem muito dinheiro. Mas se você dei...
– Você me ouviu pedir dinheiro? – pergunta, mexendo na minha maçaneta, como se eu fosse ser boba o bastante para destrancar o carro. Ele se endireita e coloca as mãos nos quadris. – *Oya*, estacione!
Abro e fecho minha boca. Fico olhando para ele.
– Abra o carro. Ou podemos guinchar até a estação e a gente resolve lá – sinto o sangue pulsando em meus ouvidos. Não posso arriscar que eles revistem o carro.
– *Oga abeg*, vamos resolver entre a gente – meu pedido sai esganiçado. Ele assente, olha para os lados e se inclina novamente.
– De quanto você fala?
Tiro ₦3000 da carteira, esperando que seja o bastante e que ele aceite rapidamente. Os olhos dele brilham, mas ele franze a testa.
– Você não fala sério.
– *Oga*, quanto cê quer?
Ele lambe os lábios, deixando um bocado de saliva para me encarar.
– Eu te pareço um *pikin* insignificante?
– Não, senhor.
– Então me dá o que daria pra um grandão aproveitar.
Suspiro. Meu orgulho acena enquanto adiciono ₦2000 à quantia. Ele pega e assente solenemente.
– Usa o cinto, e vê se não faz isso de novo.
Ele se afasta, e coloco meu cinto de segurança. Eventualmente, paro de tremer.

RECEPÇÃO

Um homem entra no hospital e vai em linha reta até o balcão da recepção. Ele é baixo, mas compensa a falta de altura com corpulência. Ele anda certeiro em nossa direção e me preparo para o impacto.
– Tenho uma consulta!
Yinka range os dentes e lhe oferece seu melhor sorriso.
– Bom dia, senhor, qual é seu nome mesmo?
Ele atira o nome e ela verifica os arquivos, folheando-os devagar. É impossível apressar Yinka, mas ela diminui a velocidade propositalmente quando fica irritada. Logo o homem está batendo os dedos, depois os pés. Ela levanta os olhos e o observa através dos cílios, depois abaixa novamente e continua sua busca. Ele começa a inchar as bochechas; está prestes a explodir. Considero me meter e amenizar a situação, mas um paciente gritar com Yinka pode ser bom para ela, então volto para meu lugar e assisto.
Meu telefone acende e olho para a tela. Ayoola. É a terceira vez que ela liga, mas não estou com vontade de falar com ela. Talvez ela esteja ligando porque mandou outro homem para a cova prematuramente ou talvez queira saber se posso comprar ovos quando estiver indo para casa. De qualquer forma, não vou atender.
– Ah, aqui está – Yinka exclama, mesmo que eu tenha visto ela examinar aquele arquivo duas vezes e continuar procurando. Ele bufa pelas narinas. – O senhor está trinta minutos atrasado para sua consulta.
– É o quê?
É a vez de ela bufar.
Esta manhã está mais quieta que o normal. De onde estamos sentadas, conseguimos ver todos na sala de espera. Tem a forma de um arco com a recepção e os sofás de frente para a entrada e uma TV de tela grande. Se apagássemos as luzes, teríamos um cinema particular. Os sofás são de uma cor vinho intensa, mas todo o resto

é desprovido de cor (o decorador não estava tentando expandir os horizontes de ninguém). Se hospitais tivessem uma bandeira, ela seria branca – o sinal universal de rendição.

Uma criança corre para fora da sala de jogos até a mãe e depois corre de volta. Não há mais ninguém esperando para ser atendido, exceto o homem que está, agora mesmo, irritando Yinka. Ela afasta um cacho de cabelo da Monróvia dos olhos e o encara.

– O senhor comeu hoje?
– Não.
– Ok, que bom. De acordo com seu histórico, faz tempo que você não testa seu nível de açúcar no sangue. Quer fazer isso?
– Sim. Pode incluir. Quanto custa? – ela informa o preço e ele rosna. – Você é tonta. *Abeg*, pra que preciso disso? Vocês decidem o preço de qualquer jeito, como se estivessem pagando as contas de alguém!

Yinka olha para mim. Sei que ela está verificando se ainda estou lá, ainda a observando. Ela está lembrando que, se sair da linha, será forçada a ouvir meu discurso bem ensaiado sobre o código e a cultura do St. Peter's. Ela sorri com dentes cerrados.

– Sem teste então, senhor. Por favor, sente, e vou chamá-lo quando o doutor estiver pronto para lhe atender.
– Quer dizer que ele não está disponível agora?
– Não. Infelizmente, você está agora... – ela olha o relógio de pulso – quarenta e cinco minutos atrasado, então você vai ter que aguardar até o doutor ter um horário livre.

O homem dá uma curta sacudida de cabeça e se senta, olhando para a televisão. Depois de um minuto ele nos pede para mudar o canal. Yinka murmura uma série de maldições em voz baixa, mascarada apenas pelos sons ocasionais de alegria da criança na sala de jogos ensolarada e pelos comentários de futebol da TV.

DANÇA

Tem música tocando alto no quarto de Ayoola. Ela está ouvindo a música de Whitney Houston, *I Wanna Dance with Somebody*. Seria mais apropriado escutar Enya ou Lorde, algo solene ou desejoso, em vez do equivalente musical de um pacote de M&Ms.

Quero tomar um banho, lavar o cheiro de desinfetante do hospital da minha pele, mas em vez disso abro a porta. Ela não sente a minha presença – está de costas para mim e balançando os quadris de um lado para o outro, os pés descalços acariciando o tapete de pele branco enquanto pisa de um lado para o outro. Seus movimentos não são rítmicos; são os movimentos de quem não tem audiência e nem constrangimento para inibi-los. Dias atrás, entregamos um homem ao mar, mas aqui está ela, dançando.

Apoio-me no batente da porta e a observo, tentando e não conseguindo entender como sua mente funciona. Ela permanece tão incompreensível para mim quanto a elaborada "obra de arte" pintada em suas paredes. Ela tinha um amigo artista, que pintava traços negros sobre cal. Parecem fora de lugar nesta sala beatífica com móveis brancos e bichos de pelúcia. Teria sido melhor pintar um anjo ou uma fada. Na época, compreendi que ele esperava que seu ato generoso e seus talentos artísticos lhe garantissem um lugar no coração dela, ou pelo menos um lugar em sua cama, mas ele era baixinho e tinha dentes que disputavam espaço na boca. Então, tudo que conseguiu foi um tapinha na cabeça e uma lata de Coca-Cola.

Ela começa a cantar; a voz é desafinada. Limpo minha garganta.

– Ayoola.

Ela vira para mim, ainda dançando; o sorriso se alarga.

– Como foi o trabalho?

– Foi tudo bem.

– Que bom – ela balança os quadris e dobra os joelhos. – Eu te liguei.

– Eu estava ocupada.
– Queria ir até lá e levar você para almoçar.
– Obrigada, mas eu normalmente almoço no trabalho.
– Ok, então.
– Ayoola – tento de novo, gentilmente.
– Hummm?
– Talvez eu devesse ficar com a faca.

Ela desacelera os movimentos, até estar apenas se balançando de um lado para o outro, com o ocasional movimento do braço.

– O quê?
– Eu disse que talvez eu devesse ficar com a faca.
– Por quê?
– Bem... você não precisa dela.

Ela considera minhas palavras. Demora o mesmo tempo que um papel leva para queimar.

– Não, obrigada. Acho que vou ficar com ela – ela acelera o ritmo da coreografia, rodopiando para longe de mim. Decido tentar uma abordagem diferente. Pego o iPod e abaixo o volume. Ela vira de novo e franze o rosto. – O que houve agora?

– Não é uma boa ideia estar com ela, sabe, caso as autoridades venham até nossa casa para revistar. Você poderia simplesmente jogá-la no lago e diminuir o risco de ser pega.

Ela cruza os braços e estreita os olhos. Nos encaramos por um momento, e então ela suspira e solta os braços.

– A faca é importante para mim, Korede. É tudo que me resta dele.

Talvez, se fosse outra pessoa assistindo a essa demonstração de sentimentalismo, as palavras tivessem algum peso. Mas ela não consegue me enganar. É um mistério o quanto Ayoola é capaz de sentir.

Pergunto-me onde ela guarda a faca. Nunca a vejo, exceto nos momentos em que estou olhando para o corpo ensanguentado diante de mim, e às vezes, nem então. Por alguma razão, não consigo imaginá-la esfaqueando alguém se aquela faca específica não estivesse em suas mãos; quase como se fosse a faca, e não ela, que estivesse matando. Mas é tão difícil acreditar nisso? Quem pode dizer com certeza que um objeto não tem suas próprias intenções? Ou que as intenções coletivas de seus antigos proprietários não continuam guiando seus propósitos?

PAI

Ayoola herdou a faca dele (e por "herdou", quero dizer que ela pegou a faca de seus pertences antes de o corpo esfriar). Fazia sentido que ela a escolhesse – era a coisa de que ele tinha mais orgulho.

Ele a mantinha embainhada e trancada em uma gaveta, mas a retirava de lá sempre que tínhamos visitas, para exibi-la. Ele segurava a lâmina curva de 23 centímetros entre os dedos, chamando a atenção do espectador para as marcas pretas, como vírgulas, esculpidas e impressas no punho de osso. A apresentação geralmente vinha com uma história.

Às vezes, a faca tinha sido um presente de um colega da universidade – Tom, que lhe presenteou por ele ter salvado sua vida durante um acidente de barco. Em outras ocasiões, ele havia arrancado a faca da mão de um soldado que tentara matá-lo com ela. E por último (e sua favorita): ele havia recebido a faca como reconhecimento de um acordo que fizera com um *sheik*. O acordo foi tão bem-sucedido que ele pôde escolher entre a filha do *sheik* e a última faca feita por um artesão morto há muito tempo. A filha tinha um olho preguiçoso, então ele escolheu a faca.

Essas histórias eram as coisas mais próximas de histórias para dormir que tínhamos. E gostávamos do momento em que ele tirava a faca com um floreio, os convidados instintivamente recuando. Ele sempre ria, encorajando-os a examinar a arma. Enquanto eles faziam "ooohs" e "aaahs", ele acenava a cabeça, deleitando-se com sua admiração. Inevitavelmente, alguém fazia a pergunta que ele estava esperando, "onde você arranjou isso?". E ele olhava para a faca como se a estivesse vendo pela primeira vez, virando-a de um lado para outro até que ela captasse a luz, antes de se lançar pela narrativa que acreditasse ser a melhor para seu público.

Quando iam embora, ele polia a faca meticulosamente com um pano e uma pequena garrafa de óleo de rotor, limpando a memória das mãos que a haviam tocado. Eu costumava assistir enquanto ele espremia algumas gotas de óleo, esfregando-a suavemente ao longo da lâmina com o dedo em movimentos circulares suaves. Esses foram os únicos momentos em que testemunhei ternura nele. Ele não se apressava, raramente percebia minha presença. Quando se levantava para lavar o óleo da lâmina, eu saía. Não era, de forma alguma, o final do ritual de limpeza, mas parecia melhor ir embora antes que acabasse, vai que seu humor mudasse durante o processo.

Certa vez, acreditando que ele já havia saído de casa, Ayoola entrou no escritório e encontrou a gaveta da mesa destrancada. Ela tirou a faca para olhar, manchando-a com o chocolate que acabara de comer. Ela ainda estava no cômodo quando ele retornou. Ele arrastou-a pelos cabelos, gritando. Cheguei na hora certa para testemunhá-lo arremessando-a pelo corredor.

Não me surpreende que ela tenha pegado a faca. Se eu tivesse pensado nisso antes, teria usado um martelo para destruí-la.

FACA

Talvez ela guarde a faca debaixo da cama *queen* ou na cômoda? Talvez esteja escondida na pilha de roupas enfiada em seu closet? Os olhos dela seguem os meus enquanto eles vagam pelo quarto.

– Você não está pensando em entrar aqui e roubá-la, está?

– Não entendo por que você precisa dela. É perigoso mantê-la aqui em casa. Entregue para mim e dou um jeito nisso.

Ela suspira e balança a cabeça.

– Não.

ẸFÓ

Não ganhei quase nada do meu pai, em termos de aparência. Quando olho para minha mãe, estou olhando para meu futuro, embora não pudesse ser menos parecida com ela nem se tentasse.

Ela está encalhada no sofá da sala no andar de baixo, lendo um romance da Mills and Boon – uma história sobre o tipo de amor que ela nunca conheceu. Ao lado dela, em uma poltrona, Ayoola está curvada, deslizando o dedo pelo telefone. Passo por elas e empurro a porta da cozinha.

– Você vai cozinhar? – minha mãe pergunta.

– Sim.

– Korede, ensine sua irmã agora. Como ela vai cuidar do marido se não souber cozinhar?

Ayoola irrita-se, mas não diz nada. Ela não se importa de ficar na cozinha. Gosta de provar tudo que tem vontade.

Em nossa casa, a doméstica e eu cozinhamos, normalmente; minha mãe cozinha também, mas não tanto quanto costumava quando ele estava vivo. Ayoola, por outro lado – é um mistério se ela consegue fazer algo mais difícil do que colocar pão na torradeira.

– Claro – digo, e Ayoola levanta para me seguir.

A doméstica preparou tudo de que vou precisar e colocou no balcão, já lavado e picado. Gosto dela. Ela é limpa e tem um comportamento calmo, mas mais importante, ela não sabe nada sobre ele. Nós dispensamos todos os funcionários depois que ele faleceu, por razões "práticas". Passamos um ano sem ajuda, o que é mais difícil do que parece numa casa desse tamanho.

O frango já está fervendo. Ayoola abre a tampa para o cheiro escapar, grosso de gordura e Maggi.

– Mmm – ela suga o aroma e umedece os lábios vermelhos. A doméstica cora. – Você prova!

– Obrigada, *ma*.

– Talvez eu devesse ajudar você a provar se está pronto – Ayoola sugere, sorrindo.
– Talvez você devesse ajudar picando o espinafre.
Ayoola olha para os produtos pré-preparados.
– Mas já está picado, *ma*.
– Preciso de mais – a doméstica corre para buscar outro molho de espinafre, mas eu a chamo de volta. – Não, deixe Ayoola buscar.

Ayoola suspira teatralmente, mas pega o espinafre na despensa. Ela pega uma faca e, involuntariamente, penso em Femi caído no banheiro; a mão não muito longe da ferida, como se ele tivesse tentado estancar o sangue. Quanto tempo levou para morrer? Ela segura a faca frouxamente, com a lâmina apontada para baixo. Corta o espinafre rapidamente e de forma grosseira, empunhando a faca como uma criança faria, sem nenhum cuidado com o estado do produto final. Fico tentada a pará-la. A doméstica tenta não rir. Suspeito que Ayoola está fazendo de tudo para me frustrar.

Escolho ignorá-la e coloco o azeite de dendê em uma panela, acrescentando cebolas e pimenta, que logo começam a fritar.

– Ayoola, você está olhando?
– Uhumm – ela responde, apoiada no balcão e digitando furiosamente no telefone com uma mão. Ela ainda está segurando a faca de cozinha com a outra. Vou até ela, removo seus dedos do punho e tiro a faca dela. Ela pisca.
– Preste atenção, por favor; depois disso, acrescentamos *tàtàsé*.
– Entendi.

Assim que viro as costas, ouço o som do teclado novamente. Fico tentada a reagir, mas deixei o azeite de dendê por tempo demais e ele está começando a cuspir e chiar. Reduzo a chama e decido esquecer minha irmã por enquanto. Se ela quiser aprender, ela vai.

– O que estamos fazendo, mesmo?
Sério???
– *Èfó* – a doméstica responde.
Ayoola assente solenemente e aponta o telefone para a panela

de *èfó* fervente, bem enquanto adiciono o espinafre.
— Ei gente, *èfó* a caminho!
Por um momento, congelo, espinafre ainda na mão. Ela estava realmente postando vídeos no Snapchat? Então saio do transe. Pego o telefone e pressiono deletar, manchando a tela com o azeite em minhas mãos.
— Ei!
— Cedo demais, Ayoola. Cedo demais.

Nº 3

– Com Femi são três, sabe. Três e eles te consideram uma serial killer.

Sussurro as palavras, para caso alguém estivesse passando pelo quarto de Muhtar. Caso minhas palavras flutuassem através dos cinco centímetros de madeira e comichassem a orelha de um transeunte. Para além de confiar em um homem em coma, não corro riscos. "Três", repito para mim mesma.

Noite passada eu não conseguia dormir, então parei de contar de trás para frente e sentei em frente à minha mesa e liguei o laptop. Me vi digitando *"serial killer"* no Google às 3 da manhã. Lá estava: três ou mais assassinatos... *serial killer*.

Esfrego minhas pernas para livrá-las do formigamento que havia tomado conta. Fazia algum sentido dizer a Ayoola o que descobri?

– No fundo ela deve saber, certo?

Olho para Muhtar. A barba dele cresceu novamente. Se não for aparada pelo menos uma vez por quinzena, fica cheia de nós e ameaça cobrir metade do rosto. Alguém deve ter pulado itens da lista de cuidados. Yinka é geralmente a culpada nessas questões.

Um som fraco de assobio no corredor, aproximando-se. Tade. Quando ele não está cantando, está cantarolando, e quando se cansa disso, assobia. É uma caixa musical ambulante. Ouvi-lo melhora meu ânimo. Ando até a porta e a abro quando ele está se aproximando. Ele sorri para mim.

Aceno para ele, e abaixo minha mão, repreendendo-me por minha ânsia. Um sorriso teria sido mais que suficiente.

– Eu deveria saber que você estaria aqui.

Ele abre o arquivo que está carregando, examinando-o, e depois me entrega. É o arquivo de Muhtar. Não há nada de excepcional nele. Ele não melhorou nem piorou. A hora em que eles tomarão a decisão se aproxima. Viro a cabeça para olhar para

Muhtar novamente. Ele está em paz, e invejo isso. Toda vez que fecho os olhos, vejo um homem morto. Pergunto-me como seria voltar a não ver nada.

– Sei que você se importa com ele. Só queria ter certeza de que você está preparada para caso... – a voz dele some.

– Ele é um paciente, Tade.

– Eu sei, eu sei. Mas não é nenhuma vergonha se importar com o destino de outro ser humano.

Ele toca meu ombro suavemente, um gesto de conforto. Muhtar vai morrer eventualmente, mas não em uma poça de seu próprio sangue, e não será devorado pelos caranguejos de água salgada que prosperam na água debaixo da Terceira Ponte Continental. Sua família conhecerá seu destino. A mão quente de Tade permanece em meu ombro e me apoio nela.

– Mas, falando de algo bom, diz a boca pequena que você será promovida a enfermeira-chefe! – ele diz, retirando a mão abruptamente. Não é uma grande surpresa; o posto está vazio há algum tempo e quem mais poderia preenchê-lo? Yinka? Me importo muito mais com a mão que não está mais em meu ombro.

– Ótimo – digo, porque é isso que ele espera que eu diga.

– Quando for oficial, vamos celebrar.

– Legal – espero parecer indiferente.

CANÇÃO

Tade tem o menor escritório de todos os médicos, mas nunca o ouvi reclamar. Se lhe ocorreu que isso pode ser injusto, ele não demonstra.

Mas hoje o tamanho de seu escritório funciona a nosso favor. Ao ver a agulha, a garotinha corre para a porta. Suas pernas são curtas, então ela não vai longe. A mãe a agarra.

– Não! – grita a menina, chutando e arranhando. Ela é como uma galinha selvagem. A mãe range os dentes e suporta a dor. Pergunto-me se era isso que ela imaginava enquanto posava para sua sessão de fotos grávida e se deleitava com alegria no chá de fralda.

Tade mergulha a mão na tigela de doces que tem em sua mesa para os pacientes infantis, mas ela afasta o pirulito. O sorriso dele não vacila; começa a cantar. Sua voz enche a sala, submergindo meu cérebro. Tudo para. A criança faz uma pausa confusa. Ela olha para a mãe, que também está paralisada pela voz. Não importa que ele esteja cantando *Mary Had a Little Lamb*. Ficamos arrepiadas. Há algo mais bonito do que um homem com uma voz como o oceano?

Estou de pé ao lado da janela; olho para baixo e vejo um grupo de pessoas reunidas, olhando para cima e apontando. Tade raramente liga o ar condicionado e sua janela fica geralmente aberta. Ele me disse que gosta de ouvir Lagos enquanto trabalha – as intermináveis buzinas de carros, os gritos de vendedores ambulantes e pneus arranhando a estrada. Agora, Lagos o escuta.

A garotinha funga e enxuga o muco com as costas da mão. Ela caminha em direção a ele. Quando for mais velha, lembrará dele como seu primeiro amor. Pensará em quão perfeito era seu nariz torto, e na profundidade de seus olhos. Mas mesmo que ela esqueça o rosto, a voz ficará com ela em seus sonhos.

Ele a pega nos braços e seca as lágrimas com um lenço de papel. Olha para mim com expectativa e desperto do meu devaneio. Ela não percebe quando me aproximo com a agulha. Não se move quando limpo sua coxa com um algodão embebido em álcool. Tenta se juntar a ele na música, a voz quebrada pela fungada e soluço ocasional. A mãe torce a aliança de casamento com o dedo, como se pensasse em tirá-lá. Considero entregar-lhe um lenço para limpar a baba que ameaça transbordar da boca.

A garotinha se encolhe quando injeto o remédio dentro dela, mas o abraço de Tade é firme. Terminou.

– Olha que menina corajosa você é – ele diz. Ela vira e desta vez está disposta a recolher seu prêmio, um pirulito sabor cereja.

– Você é tão bom com crianças – a mãe suspira. – Você tem filhos?

– Não, não tenho. Mas um dia, com certeza – ele sorri, exibindo os dentes perfeitos e enrugando os olhos. Ela pode ser perdoada por acreditar que esse sorriso é só para ela, mas é o sorriso que ele dá para todos. É o sorriso que ele dá para mim. Ela cora.

– Você não é casado? (Madame, você quer dois maridos?)

– Não, não sou.

– Eu tenho uma irmã. Ela é muito...

– Dr. Otumu, aqui estão as receitas.

Tade olha para mim, confuso com minha indelicadeza. Mais tarde, ele vai me dizer gentilmente, sempre gentilmente, que não deveria interromper os pacientes. Eles vêm ao hospital para se curar e, às vezes, não são apenas os corpos que precisam de atenção.

VERMELHO

Yinka está pintando as unhas na recepção. Bunmi me vê chegando e a cutuca, mas é um aviso inútil – Yinka não vai parar por minha causa. Ela demonstra que me viu com um sorriso felino.

– Korede, esses sapatos são bonitos, ahn.

– Obrigada.

– Essas coisas legítimas devem ser muito caras.

Bunmi engasga com a água que está tomando, mas não vou morder a isca. A voz de Tade ainda está tocando meu corpo, me acalmando como acalmou a criança. Eu a ignoro e me viro para Bunmi.

– Vou almoçar agora.

Vou para o segundo andar segurando a comida e bato na porta do consultório de Tade, esperando a voz forte me conceder entrada. Gimpe, outra faxineira (com todos esses empregados, seria de pensar que o hospital estaria impecável), olha na minha direção e me dá um sorriso amigável – exibindo as maças do rosto salientes. Recuso-me a devolvê-lo; ela não sabe nada sobre mim. Tento enterrar meus nervos e bato suavemente outra vez.

– Entre.

Não estou entrando em seu consultório como enfermeira. Minhas mãos estão segurando um recipiente com arroz e *èfó*. Percebo o cheiro chegando até ele assim que entro.

– A que devo esta honra?

– Você quase nunca utiliza o horário de almoço… então decidi trazer o almoço até você.

Ele aceita o recipiente, e espia dentro, inalando profundamente.

– Você fez isso? O cheiro é maravilhoso!

– Aqui – entrego um garfo e ele ataca. Ele fecha os olhos e suspira, e os abre para sorrir para mim.

– Isso é… Korede… Cara… Você será uma esposa maravilhosa para alguém.

Tenho certeza que o sorriso no meu rosto é grande demais para ser capturado em uma foto. Sinto-o até nos dedos do pé.

– Terei que comer o resto mais tarde – ele diz. – Preciso terminar este relatório.

Levanto do canto da mesa que eu havia transformado em uma cadeira temporária, e ofereço-me para passar ali mais tarde e pegar o Tupperware.

– Korede, sério, obrigado. Você é a melhor.

Há uma mulher na sala de espera tentando acalmar um bebê chorando balançando-o para frente e para trás, mas a criança não se cala. Está irritando alguns dos outros pacientes que estão esperando na recepção. Está me irritando. Vou até ela com um chocalho, contando com a improbabilidade de que vá distrair o bebê, bem quando as portas de entrada se abrem...

Ayoola entra e todas as cabeças se voltam para ela e lá permanecem. Paro onde estou, chocalho na mão, tentando entender o que está acontecendo. Ela parece ter trazido o sol. Está usando um vestido-camisa amarelo brilhante que não esconde seus seios fartos. Os pés estão em sapatos de salto verdes, que compensam o que lhe falta em altura, e ela está segurando uma bolsa branca grande o bastante para abrigar uma arma de vinte e três centímetros.

Ela sorri para mim e anda em minha direção. Ouço um homem exclamar em um sussurro.

– Ayoola, o que você está fazendo aqui? – minha voz está presa na garganta.

– É hora do almoço!

– E?

Ela flutua para longe sem responder à minha pergunta e vai na direção do balcão das enfermeiras. Os olhos delas estão fixos em Ayoola e ela lhes lança seu melhor sorriso.

– Vocês são amigas da minha irmã?

Elas abrem e fecham a boca.

– Você é irmã da Korede? – Yinka pergunta, esganiçada. Consigo vê-la tentando fazer a conexão, comparando a aparência de Ayoola e a minha. A semelhança está lá – nós compartilhamos a mesma boca, os mesmos olhos –, mas Ayoola se parece com uma boneca Bratz e eu me pareço com uma boneca vodu, uma boneca na qual as pessoas só querem enfiar alfinetes. Yinka, que é sem dúvida a funcionária mais atraente do St. Peter's, com seu nariz de querubim e lábios cheios, desbota até quase desaparecer ao lado de Ayoola. Ela sabe disso; está enrolando o cabelo caro com os dedos e empurrou os ombros para trás.

– Que cheiro é esse? – pergunta Bunmi. – É tipo... É muito...

Ayoola se inclina para frente e sussurra algo no ouvido de Bunmi e então se endireita. "É nosso segredinho, ok?" Ela dá uma piscadela e o rosto normalmente impassível de Bunmi se ilumina. Já vi o bastante. Dirijo-me para a mesa.

Bem neste momento, escuto a voz de Tade e meu coração acelera. Agarro Ayoola, arrastando-a para a saída.

– Ei!

– Você tem que ir.

– O quê? Por quê? Por que você está sendo tão...

– O que está...? – a voz de Tade desaparece e o sangue esfria dentro do meu corpo. Ayoola se liberta das minhas mãos, mas isso não importa; já é tarde demais. Os olhos dele se fixam em Ayoola e dilatam. Ele ajusta o casaco. – O que está acontecendo? – diz novamente, a voz de repente rouca.

– Sou irmã da Korede – ela anuncia.

Ele olha dela para mim, depois de volta para ela.

– Eu não sabia que você tinha uma irmã – ele está falando comigo, mas seus olhos não deixaram os dela.

Ayoola faz beicinho.

– Acho que ela tem vergonha de mim.

Ele sorri para ela; é um sorriso gentil.

– É claro que não. Como seria possível? Desculpe, não ouvi seu nome.
– Ayoola – ela estende a mão, como uma rainha faria com seus súditos.
Ele pega a mão e aperta gentilmente.
– Eu sou Tade.

ESCOLA

Não consigo apontar o momento exato em que percebi que Ayoola era linda e eu... não. Mas o que sei é que estava ciente das minhas próprias inadequações muito antes.

O ensino médio pode ser cruel. Os rapazes faziam listas das que tinham um corpo em oito – como uma garrafa de Coca-Cola – e as que tinham um corpo em um – como um graveto. Eles desenhavam as meninas e exageravam suas melhores ou piores características e pregavam as figuras no quadro de avisos da escola para o mundo ver; pelo menos até os professores as tirarem, arrancando-as dos alfinetes, mas deixando um pedaço de papel grudado como uma provocação.

Quando eles me desenhavam, era com lábios que poderiam pertencer a um gorila e olhos que pareciam empurrar todas as outras características para longe. Eu dizia a mim mesma que os meninos eram imaturos e burros, então não importava que eles não me quisessem; e não importava que alguns deles tentassem mesmo assim, porque pensavam que eu seria muito grata pela atenção e que faria o que eles quisessem. Mantive distância de todos eles. Zombava das meninas por se derreterem por garotos, desprezava-as por beijarem, e julgava-as em todas as oportunidades. Eu estava acima disso tudo. E não estava enganando ninguém.

Dois anos depois, estava endurecida e pronta para proteger minha irmã, que eu tinha certeza que receberia o mesmo tratamento que recebi. Talvez o dela fosse ainda pior. Ela viria a mim chorando todos os dias e eu a envolveria em meus braços e a acalmaria. Seríamos nós contra o mundo.

Dizem os boatos que a chamaram para sair no primeiro dia, um menino da SS2. Foi sem precedentes. Meninos das turmas mais avançadas não notavam as meninas mais novas, e quando o faziam, raramente tentavam tornar oficial. Ela disse não. Mas entendi a mensagem.

MANCHA

— Eu só pensei que podíamos almoçar juntas.
— Não, você queria ver onde eu trabalho.
— E o que há de errado nisso, Korede? — minha mãe exclama. — Você trabalha lá há um ano e sua irmã nunca viu o lugar! — ela se sente horrorizada por isso, assim como se sente por toda injustiça que ela pensa que Ayoola sofre.

A doméstica traz o ensopado da cozinha e coloca na mesa. Ayoola se inclina para frente e serve-se de uma tigela. Ela desembrulha a *àmàlà* e a mergulha na sopa antes que minha mãe e eu tivéssemos terminado de nos servir.

Sentamos nos lugares habituais na mesa retangular — minha mãe e eu à esquerda, Ayoola à direita. Costumava haver uma cadeira na cabeceira da mesa, mas eu a queimei em uma fogueira no terreno em frente ao nosso condomínio. Nós não falamos sobre isso. Não falamos sobre ele.

— Titia Taiwo ligou hoje — mamãe começa.
— Ah, é mesmo?
— Sim. Ela diz que gostaria de conversar com vocês mais frequentemente — mamãe faz uma pausa, esperando algum tipo de resposta de alguma de nós.
— Você pode passar o *okro*, por favor? — peço.

Minha mãe passa o *okro*.

— Então — ela continua, percebendo que o tópico anterior não havia capturado a atenção de ninguém. — Ayoola disse que tem um médico bonito no seu trabalho.

Derrubo a tigela de *okro*, que se derrama sobre a mesa — é verde e translúcido, rapidamente encharcando a toalha de mesa floral.

— Korede!

Seco a sujeira com um pano, mas mal posso ouvi-la — meus pensamentos estão devorando meu cérebro.

Sinto os olhos de Ayoola em mim e tento me acalmar. A doméstica corre para limpar a mancha, mas a água que ela usa a faz ficar maior do que antes.

CASA

Estou encarando o quadro que fica pendurado em cima do piano que ninguém toca.

Ele encomendou-o depois de conseguir vender um carregamento de carros reformados como novos para uma concessionária de carros – uma pintura da casa que seus negócios desonestos haviam construído (para que uma pintura da casa em que você mora, pendurada dentro da dita casa?).

Quando criança, eu ficava em frente a ela e desejava estar lá dentro. Imaginava que nossos "eus" alternativos estavam vivendo dentro de suas paredes de aquarela. Sonhava que havia risadas e amor além do gramado verde, dentro das colunas brancas e da pesada porta de carvalho.

O pintor até acrescentou um cachorro latindo para uma árvore, como se soubesse que costumávamos ter um. O filhote cometeu o erro de fazer xixi no sapato dele. Nunca mais o vimos. Ainda assim, havia um cachorro na pintura e às vezes eu jurava que conseguia ouvir seu latido.

A beleza da nossa casa nunca poderia se comparar à beleza da pintura, ao perpétuo amanhecer rosado e folhas que nunca secavam; seus arbustos, tingidos com tons sobrenaturais de amarelo e roxo, circundando o jardim. Na pintura, as paredes exteriores são para sempre de um branco nítido, enquanto que na realidade nunca mais conseguimos pintá-las e elas ficaram amareladas.

Quando ele morreu, vendi todos os quadros que ele comprou, pelo dinheiro. Não foi uma grande perda. Se eu pudesse ter me livrado da casa, teria o feito. Mas ele havia construído nossa casa do estilo do sul a partir do zero, o que significava não pagar aluguel, nem hipoteca (além disso, ninguém estava interessado em adquirir uma casa desse tamanho, quando a documentação para o terreno em que fora construída era duvidosa na melhor das hipóteses).

Então, em vez de nos mudarmos para um apartamento menor, administramos os custos de manutenção de nossa grande casa, tão rica em história, da melhor maneira possível.

Olho para a pintura mais uma vez enquanto faço a viagem do quarto para a cozinha. Não há pessoas nela, o que é bom. Mas se você olhar bem, verá uma sombra através de uma das janelas que parece ser uma mulher.

– A sua irmã só quer ficar perto de você, sabe. Você é a melhor amiga dela – é minha mãe. Ela vem ficar ao meu lado. Mamãe ainda fala de Ayoola como se ela fosse uma criança, em vez de uma mulher que raramente escuta um "não". – Qual é o problema de ela visitar seu trabalho de vez em quando?

– É um hospital, mãe, não um parque.

– Eh, já sabemos. Você olha demais para aquela pintura – diz, mudando de assunto. Desvio o olhar e encaro o piano.

Deveríamos ter vendido o piano também. Deslizo meu dedo pela tampa, fazendo uma linha na poeira. Mamãe suspira e vai embora, porque sabe que não vou poder descansar até não haver mais nada de poeira na superfície do piano. Vou até o armário de suprimentos e pego alguns panos. Que ótimo se eu pudesse limpar nossas memórias assim.

PAUSA

– Você não me contou que tinha uma irmã.
– Hum.
– Quer dizer, sei a escola que você frequentou e o nome do seu primeiro namorado. Sei até que você ama comer pipoca com calda por cima...
– Você deveria provar um dia.
– ... Mas não sabia que você tem uma irmã.
– Bom, agora você sabe.

Viro as costas para Tade e coloco as agulhas na bandeja de metal. Ele poderia fazer isso sozinho, mas gosto de encontrar maneiras de tornar seu trabalho mais fácil. Ele está debruçado sobre a mesa, rabiscando a página à sua frente. Não importa a rapidez com que escreva, a letra dele é grande e os laços se conectam de letra a letra. É limpa e clara. O som da caneta arranhado para e ele limpa a garganta.

– Ela está saindo com alguém?

Penso em Femi dormindo no oceano, sendo mordiscado por peixes.

– Ela está dando um tempo.
– Um tempo?
– Sim. Ela não vai sair com ninguém por um tempo.
– Por quê?
– Os relacionamentos dela tendem a terminar mal.
– Ah... Às vezes, homens são idiotas – é estranho ouvir um homem dizer isso, mas Tade sempre foi sensível. – Você acha que ela se importaria se você me desse o número dela? – penso em Tade, peixes passando por ele enquanto ele flutua até o fundo do oceano, para perto de Femi.

Coloco a seringa de volta na bandeja com cuidado, para não me apunhalar acidentalmente.

– Vou ter que perguntar a ela – digo, mas não tenho a intenção de perguntar qualquer coisa a Ayoola. Se ele ficar sem vê-la, ela irá para os confins de sua mente, como uma rajada de vento frio em um dia quente.

DEFEITO

– Então, vocês têm o mesmo pai e a mesma mãe?
– Ela disse que é minha irmã.
– Mas ela é sua irmã completa? Ela parece meio misturada.

Yinka está realmente começando a me irritar. O triste é que suas perguntas não são as mais desagradáveis que já recebi. Nem tão incomuns. Afinal, Ayoola é baixinha – seu único defeito, se você considerar isso um defeito –, enquanto eu tenho quase um metro e oitenta; a pele de Ayoola é de uma cor localizada confortavelmente entre creme e caramelo, e eu sou da cor de uma castanha-do-pará, antes de ser descascada; ela é feita inteiramente de curvas e eu sou composta apenas por pontas duras.

– Você informou o Dr. Imo que a radiografia está pronta? – pergunto, ríspida.
– Não, eu...
– Então, sugiro que você faça isso.

Afasto-me antes de ela ter a chance de terminar sua desculpa. Assibi está fazendo as camas no segundo andar e Mohammed está flertando com Gimpe bem na minha frente. Eles estão próximos um do outro, a mão dele na parede enquanto se inclina na direção dela. Ele terá que limpar esse lugar. Nenhum dos dois me vê – ele está de costas para mim e ela está com os olhos baixos, absorvendo os elogios que ele deve estar fazendo. Ela não sente o cheiro dele? Talvez não sinta; Gimpe também emite um cheiro rançoso. É cheiro de suor, de cabelo sujo, de produtos de limpeza, de corpos decompostos debaixo de uma ponte...

– Enfermeira Korede!

Pisco. O casal desapareceu. Aparentemente, fiquei nas sombras por um tempo, perdida em pensamentos. Bunmi está me olhando com curiosidade. Pergunto-me quantas vezes ela me chamou. É difícil decifrá-la. Não parece haver muita coisa acontecendo em seu lobo frontal.

– O que é?
– Sua irmã está lá embaixo.
– Como é que é?

Não a espero repetir a frase e não espero pelo elevador – desço as escadas. Mas quando chego à área de recepção, Ayoola não está em lugar algum e estou ofegante. Talvez minhas colegas tenham percebido o quanto a presença de minha irmã aqui me abala; talvez estejam pregando uma peça.

– Yinka, onde está minha irmã? – pergunto, sem ar.
– Ayoola?
– Sim. A única irmã que eu tenho.
– Como é que eu vou saber? Nem sabia que você tinha uma irmã, que eu saiba vocês podem ser dez.
– Ok, tá bom, onde ela está?
– Ela está no consultório do Dr. Otumu.

Pego as escadas, dois degraus por vez. O escritório de Tade fica bem em frente ao elevador, então sempre que chego no segundo andar, fico tentada a bater em sua porta. A risada de Ayoola vibra pelo corredor – ela ri alto, profunda e desenfreadamente; o riso de uma pessoa completamente despreocupada. Nesta ocasião, nem bato na porta.

– Ah! Korede, oi. Desculpe por ter roubado sua irmã. Pelo que entendi, vocês marcaram de almoçar – examino a cena. Ele escolheu não sentar atrás da mesa, mas, em vez disso, está sentado em uma das duas cadeiras que ficam em frente a ela. Ayoola está sentada na outra. Tade ajeitou a cadeira de modo a encará-la, mas, como se isso não fosse o bastante, está inclinado para frente, apoiando os cotovelos nos joelhos.

A blusa que Ayoola escolheu usar hoje é branca e deixa as costas nuas. Suas leggings são rosa brilhante, e os dreadlocks estão empilhados em cima da cabeça. Eles parecem pesados, pesados demais para ela suportar, mas o corpo está reto. Nas mãos dela está o celular, no qual ela estava, sem dúvida, no processo de salvar o número dele.

Eles me olham sem nenhuma sombra de culpa.

– Ayoola, eu falei que não poderia almoçar.

Tade fica surpreso com meu tom. Ele franze a testa, mas não diz nada. É educado demais para interromper uma briga entre irmãs.

– Ah, não se preocupe. Eu falei com aquela moça gentil, a Yinka, e ela disse que cobre para você. (Ah, cobre, é?).

– Ela não deveria ter feito isso. Tenho muito trabalho para fazer.

Ayoola fica chateada. Tade pigarreia.

– Sabe, *eu* ainda não tirei meu horário de almoço. Se você estiver interessada, sei de um lugar legal aqui perto.

Ele está falando do Saratobi. Eles servem um filé maravilhoso. Eu o levei lá um dia depois de descobrir o lugar. Yinka foi junto, mas nem isso conseguiu arruinar o almoço para mim. Descobri que Tade torce para o Arsenal e uma vez tentou jogar futebol profissional. Descobri que ele é filho único. Descobri que ele não é um grande fã de legumes. Esperava que um dia pudéssemos repetir a experiência – sem Yinka –, e que eu descobriria mais sobre ele.

Ayoola sorri para ele.

– Parece ótimo. Odeio comer sozinha.

MELINDROSA

Quando entro no quarto de Ayoola naquela noite, ela está sentada em sua mesa fazendo um design novo para sua linha de roupas. Ela modela as roupas que desenha nas redes sociais e mal consegue lidar com a quantidade de pedidos que recebe. É uma jogada de marketing: você olha para uma pessoa bonita com um corpo lindo e pensa que talvez – se você combinar as roupas certas e usar os acessórios perfeitos – ficará tão boa quanto ela.

Os dreadlocks estão escondendo seu rosto, mas não preciso vê-la para saber que ela está mordendo o lábio e as sobrancelhas estão franzidas em concentração. A mesa está vazia, exceto pelo caderno de anotações, canetas e três garrafas de água, uma das quais está quase vazia. Mas todo o resto está de cabeça para baixo – as roupas estão pelo chão, saindo de armários e empilhadas na cama.

Pego a camiseta que está nos meus pés e dobro-a.

– Ayoola.

– E aí? – ela não olha para trás nem levanta a cabeça. Pego outra roupa.

– Eu gostaria que você parasse de vir ao meu local de trabalho – tenho a atenção dela agora; ela larga o lápis e gira a cadeira para me encarar, o cabelo girando com ela.

– Por quê?

– Quero manter meu trabalho e minha vida pessoal separados.

– Tá bom – ela dá de ombros e volta para o desenho. De onde estou, consigo ver que é um vestido no estilo das melindrosas dos anos 20.

– E queria que você parasse de conversar com o Tade.

Ela vira na minha direção novamente, inclinando a cabeça e franzindo o rosto. É estranho vê-la fazer isso, é muito raro.

– Por quê?

– Só não quero que você comece nada com ele.

– Porque vou machucá-lo?
– Eu não disse isso.
Ela para e considera o que eu disse.
– Você gosta dele?
– Não tem nada a ver com isso. Não acho que você deveria sair com *ninguém* agora.
– Eu disse que fui obrigada a fazer o que fiz. Eu disse.
– Eu só acho que você deveria dar um tempo.
– Se você quer ele para você, é só dizer – ela pausa, dando-me tempo para reivindicá-lo. – Além disso, ele não é muito diferente dos outros, sabe.
– Do que você está falando? – ele *é* diferente. Ele é gentil e sensível. Ele canta para crianças.
– Ele não é profundo. Só o que quer é um rostinho bonito. É o que todos eles querem.
– Você não o conhece! – minha voz sai mais alta do que eu esperava. – Ele é gentil e sensível e ele...
– Você quer que eu prove para você?
– Só quero que você pare de conversar com ele, ok?
– Bom, nem sempre conseguimos o que queremos – ela gira a cadeira e continua o trabalho. Eu deveria sair, mas em vez disso pego o resto das roupas e as dobro uma a uma, reprimindo minha raiva e autopiedade.

RÍMEL

Minhas mãos não são firmes. Você precisa de mãos firmes quando está aplicando maquiagem, mas não estou acostumada a isso. Nunca pareceu haver muito sentido em esconder minhas imperfeições. É tão inútil quanto usar um desodorizador de ambiente quando você sai do banheiro –acaba inevitavelmente cheirando a merda perfumada.

Um vídeo do YouTube está aberto no laptop ao meu lado e tento copiar o que a garota está fazendo em meu espelho, mas nossas ações não parecem corresponder. Mas não desisto. Pego o rímel e passo em meus cílios. Eles se juntam. Tento separá-los e acabo pintando meus dedos. Quando pisco, vestígios de gosma preta são deixados na base ao redor dos meus olhos. Demorei para aplicar a base e não quero borrá-la, então só adiciono mais.

Examino minha obra no espelho. Estou diferente, mas se estou melhor... não sei. Estou diferente.

As coisas que vão na minha bolsa estão em cima da minha penteadeira:

2 pacotes de lencinhos, 1 garrafa de 300ml de água, 1 kit de primeiros socorros, 1 pacote de lenços umedecidos, 1 carteira, 1 tubo de creme para as mãos, 1 protetor labial, 1 celular, 1 absorvente interno, 1 apito anti-estupro.

Basicamente, o essencial para qualquer mulher. Arrumo os itens em minha bolsa e saio do quarto, fechando a porta com cuidado atrás de mim. Minha mãe e minha irmã ainda estão dormindo, mas ouço os movimentos inquietos da doméstica na cozinha. Desço para encontrá-la e ela entrega meu habitual copo de laranja, limão, abacaxi e gengibre. Não há nada como suco de frutas para acordar seu corpo.

Quando o relógio bate as 5, saio de casa e enfrento o trânsito matinal. Estou no hospital às 5:30. Está tão quieto a essa hora que dá vontade de falar em sussurros. Largo a bolsa atrás da mesa da recepção e pego o livro de incidentes da prateleira para ver se alguma coisa digna de atenção aconteceu durante a noite. Uma das portas atrás de mim se abre e logo Chichi está ao meu lado.

O turno de Chichi está acabando, mas ela fica ali.

— Ah, ah, você está usando maquiagem?

— Sim.

— Qual a ocasião especial?

— Eu só decidi...

— E as surpresas nunca acabam, você passou bastante base!

Resisto ao impulso de pegar os lenços umedecidos da bolsa e remover qualquer traço de maquiagem do meu rosto ali mesmo.

— *Abi*, você arranjou namorado?

— Quê?

— Você pode contar, sou sua amiga — não posso dizer a ela. Chichi espalhará a história antes que eu termine de contar. E não somos amigas. Ela sorri, na esperança de me deixar à vontade, mas a expressão não fica confortável em seu rosto. A testa e as bochechas estão cobertas de um corretivo claro demais para esconder a acne violenta (embora ela tenha deixado a puberdade para trás muito antes de eu nascer) e o batom vermelho brilhante penetrou nas rachaduras dos lábios. Eu ficaria mais à vontade se o Coringa sorrisse para mim.

Tade chega às 9h. Ele ainda não colocou o jaleco e consigo ver os músculos sob sua camisa. Tento não olhar para eles. Tento não ficar pensando no fato de que eles me lembram de Femi. A primeira coisa que ele pergunta é, "como está Ayoola?". Ele costumava perguntar como eu estava. Digo a ele que ela está bem. Ele olha para o meu rosto com curiosidade.

— Não sabia que você usava maquiagem.

— Não uso, na verdade, só quis tentar algo novo... o que você acha?

Ele franze a testa e considera meu trabalho.

— Acho que prefiro você sem. Sua pele é bonita, sabe. Bem lisa.

Ele percebeu minha pele...!

Na primeira oportunidade, vou até o banheiro para remover a maquiagem, mas congelo quando vejo Yinka franzindo os lábios em um dos espelhos sobre a bancada de pias. Dou dois passos silenciosos para trás, mas ela vira a cabeça na minha direção e levanta a sobrancelha.

— O que você está fazendo?

— Nada, estou saindo.

— Mas você mal entrou...

Ela estreita os olhos, instantaneamente curiosa, enquanto se aproxima de mim. Na hora em que percebe que estou maquiada, sorri com escárnio.

— Poxa vida, a que ponto chegaram as *"au natural"*...

— Foi só um experimento.

— Um experimento para ganhar o coração do Dr. Tade?

— Não! É claro que não!

— Estou brincando. Nós duas sabemos que Ayoola e Tade foram feitos um para o outro. Eles ficam lindos juntos.

— Sim. Exatamente.

Yinka sorri para mim, mas seu sorriso é zombeteiro. Ela passa por mim quando sai do banheiro e solto o ar que estou segurando. Corro até a pia e pego um lenço umedecido da minha bolsa, esfregando minha pele. Quando já tirei a maior parte, jogo água em meu rosto, lavando qualquer vestígio de maquiagem e lágrimas.

ORQUÍDEAS

Um buquê de orquídeas violentamente coloridas é entregue em nossa casa. Para Ayoola. Ela se inclina e pega o cartão que está entre os caules. E sorri.
– É do Tade.
É assim que ele a vê? Como uma beleza exótica? Me consola saber que mesmo as mais belas flores murcham e morrem.
Ela pega o celular e começa a digitar uma mensagem, narrando o texto em voz alta – "Na. Verdade. Prefiro. Rosas.". Eu deveria pará-la, deveria mesmo. Tade é um homem que pensa muito bem em tudo o que faz. Consigo imaginá-lo em uma loja de flores, examinando buquês e buquês, fazendo perguntas sobre os tipos e a necessidade de água, fazendo uma escolha bem informada. Seleciono um vaso de nossa coleção e coloco as flores na mesa de centro. As paredes são de um creme solene e as flores iluminam a sala de estar. "Enviar."
Ele ficará surpreso com a mensagem, desapontado e magoado. Mas talvez ele entenda que ela não é para ele e finalmente recue.
Ao meio-dia, um buquê de rosas espetacular chega a nossa casa; uma mistura de vermelho e branco. Ayoola está comprando tecidos, então a doméstica as entrega para mim, apesar de nós duas sabermos para quem elas são. Elas não são as rosas já murchas com que os admiradores de Ayoola geralmente enfeitam nossa mesa – essas flores estão cheias de vida. Tento não inalar o cheiro doce enjoativo e tento não chorar.
Mamãe entra na sala e percebe as flores imediatamente.
– Quem mandou isso?
– Tade – me escuto responder, mesmo que Ayoola não esteja aqui para abrir o cartão.
– O médico?
– Sim.
– Mas ele já não enviou orquídeas hoje de manhã?

Suspiro.

– Sim. E agora ele enviou rosas.

Ela abre um sorriso sonhador – já está escolhendo o *aṣọ ẹbí* e compilando a lista de convidados para o casamento. Deixo-a lá com as flores e as fantasias e me retiro para meu quarto. Meu quarto nunca pareceu tão desprovido de vida como agora.

Quando Ayoola retorna à noite, ela mexe nas rosas, tira uma foto e está prestes a publicá-la quando eu a lembro mais uma vez de que ela tem um namorado que está desaparecido há um mês e que ela deveria estar de luto. Ela faz um beicinho.

– Por quanto tempo tenho que ficar postando coisas chatas e tristes?

– Você pode não postar nada.

– Mas por quanto tempo?

– Pelo menos um ano.

– Você tá de brincadeira.

– Qualquer coisa menos que isso e você, no mínimo, parecerá um ser humano deplorável.

Ela me examina para ver se eu já acredito que ela é um ser humano deplorável. No momento, não sei o quê ou como pensar. Femi me assombra; ele invade meus pensamentos sem ser convidado. Ele me força a duvidar do que achava que entendia. Gostaria que ele me deixasse em paz, mas suas palavras, sua maneira de se expressar e sua beleza, o destacavam em relação aos outros. E também há o comportamento dela. Nas duas últimas vezes, pelo menos ela derramou uma lágrima.

ROSAS

Não consigo dormir. Fico deitada na cama, virando das costas para o lado, do lado para frente. Ligo e desligo o ar condicionado. Finalmente, levanto da cama e saio do meu quarto. A casa está em silêncio. Até a doméstica está dormindo. Vou até a sala de estar, onde as flores parecem desafiar a escuridão. Vou primeiro até as rosas e toco as pétalas. Arranco uma. Então outra. E outra depois. O tempo passa devagar enquanto fico lá de pijamas, despetalando flor após flor, até as pétalas estarem espalhadas aos meus pés.

De manhã, ouço minha mãe gritando – o barulho invade meu sonho, me trazendo de volta à realidade. Jogo o cobertor para o lado e corro até o topo da escada; a porta do quarto de Ayoola se abre e a ouço atrás de mim enquanto descemos em disparada. Sinto uma dor de cabeça chegando. Ontem à noite, despedacei dois lindos buquês de flores e agora minha mãe está diante de suas ruínas, convencida de que alguém invadiu a casa.

A doméstica entra correndo no cômodo.

– A porta da frente ainda está trancada, *ma* – ela geme para minha mãe.

– Então... quem poderia... foi *você*? – mamãe explode com a garota.

– Não, *ma*. Eu não faria isso, *ma*.

– Então como foi que isso aconteceu?

Se eu não disser algo logo, minha mãe vai decidir que foi a doméstica e vai demiti-la. Afinal, quem mais poderia ter sido? Mordo meu lábio enquanto minha mãe se aproxima da garota encolhida, cujas trancinhas de contas tremem junto com o corpo. Ela não merece a reprimenda que está recebendo e sei que devo dizer alguma coisa. Mas como vou explicar o sentimento que me atingiu? Devo confessar meu ciúme?

– Fui eu.

São palavras da Ayoola, não minhas.

Minha mãe para no meio da bronca.

– Mas... por que você...

– Brigamos ontem à noite. Tade e eu. Ele me desafiou. Então as destruí. Deveria ter jogado fora. Desculpa.

Ela sabe. Ayoola sabe que fui eu. Mantenho a cabeça baixa, olhando para as pétalas no chão. Por que as deixei ali? Tenho desprezo por desorganização. Minha mãe balança a cabeça, tentando compreender.

– Espero que você tenha... pedido desculpas a ele.

– Sim, nós fizemos as pazes.

A doméstica vai buscar uma vassoura para varrer os vestígios da minha raiva.

Eu e Ayoola não falamos sobre o que aconteceu.

PAI

Um dia ele estava em cima de mim, cuspindo puro inferno. Esticou o braço para pegar a bengala e... desabou, batendo a cabeça na mesa de vidro enquanto caía no chão. Seu sangue era mais brilhante que a cor escura que víamos na TV. Levantei cautelosamente e Ayoola saiu de trás do sofá, onde estava se escondendo. Ficamos de pé, olhando para ele. Pela primeira vez, éramos mais altas. Assistimos a vida escoar para fora dele. Eventualmente, acordei minha mãe de seu sono induzido por Zolpidem e disse a ela que tudo havia chegado ao fim.

Passaram-se dez anos e devemos celebrá-lo, dar uma festa em homenagem a sua vida. Se não o fizermos, acabaremos tendo que responder perguntas difíceis, e não somos nada senão meticulosas nas mentiras que contamos aos outros.

– Poderíamos fazer algo em casa? – mamãe sugere para o comitê de planejamento desconfortável reunido na sala.

Titia Taiwo faz que não com a cabeça.

– Não, muito pequeno. Meu irmão merece uma grande celebração.

Tenho certeza que ele está sendo celebrado no inferno. Ayoola vira os olhos e masca chiclete, sem contribuir para a conversa. De vez em quando, Titia Taiwo olha para ela, preocupada.

– Onde você quer que seja, titia? – pergunto com educação fria.

– Há um local em Lekki que é muito bonito – ela diz o nome do lugar e respiro fundo. A quantia que ela ofereceu para contribuir não cobriria metade do custo de um local como esse. Ela espera, é claro, que usemos os fundos que ele deixou, e ela possa relaxar, se exibir para os amigos e beber muito champanhe. Ele não merece uma única naira, mas minha mãe quer manter as aparências e concorda. Com as negociações terminadas, Titia Taiwo se recosta no sofá e sorri para nós. – Me contem, vocês estão saindo com alguém?

– Ayoola está namorando um médico! – mamãe anuncia.

– Ah, que maravilha. Vocês estão envelhecendo e a competição é acirrada. As meninas não estão de brincadeira. Algumas até tentam arrancar maridos de suas esposas! – Titia Taiwo é uma dessas mulheres, casada com um ex-governador que já era casado quando ela o conheceu. Ela é uma mulher curiosa, nos visita sempre que vem de Dubai, aparentemente imune a nossa antipatia por ela. Ela nunca teve filhos e nos contou, infinitas vezes, que nos considera suas filhas substitutas. Nós não nos consideramos nada disso.

– Me ajude a convencê-las, ahn. É como se elas quisessem ficar nesta casa para sempre.

– Sabe, homens são muito volúveis. Dê a eles o que eles querem e eles farão qualquer coisa por você. Deixe o cabelo longo e brilhante ou invista em bons apliques; cozinhe para ele e mande comida para sua casa e seu escritório. Acaricie seu ego na frente dos amigos e trate-os bem por sua causa. Ajoelhe-se por seus pais e ligue para eles em datas importantes. Faça essas coisas e ele colocará um anel no seu dedo, rapidinho.

Minha mãe concorda, sabiamente.

– Ótimo conselho.

Claro, nenhuma de nós está ouvindo. Ayoola nunca precisou de ajuda em se tratando de homens, e eu tenho juízo demais para aceitar conselhos de uma pessoa sem bom senso.

PULSEIRA

Tade vem buscá-la, sexta-feira às sete. Ele chega na hora certa, mas é claro que Ayoola não está pronta. Na verdade, ela nem tomou banho ainda – está deitada na cama rindo de vídeos de gatos.
– Tade está aqui.
– Ele está adiantado.
– Já passou das sete.
– Ah.
Mas não se move um centímetro. Desço novamente para dizer a Tade que ela estava se arrumando.
– Sem problemas, não há pressa.
Mamãe está sentada de frente para ele, com um sorriso de orelha a orelha, e junto-me a ela no sofá.
– Você estava dizendo?
– Sim, sou apaixonado pelo mercado imobiliário. Meu primo e eu estamos construindo um bloco de condomínios em Ibeju Lekki. Vai demorar mais uns três meses para ficar pronto, para terminar a construção, mas já temos compradores para cinco apartamentos!
– Que maravilha! – ela exclama, calculando quanto ele vale. – Korede, ofereça alguma coisa para nosso convidado.
– O que você gostaria? Bolo? Biscoitos? Vinho? Chá?
– Não quero incomodar...
– Traga tudo, Korede.
Então levanto e vou até a cozinha, onde a doméstica está assistindo *Tinsel*. Ela dá um pulo quando me vê e me ajuda a revistar a despensa. Quando retorno com as guloseimas, Ayoola ainda não apareceu.
– Isso está delicioso – ele diz, depois de comer o primeiro pedaço de bolo. – Quem fez?
– Ayoola – mamãe responde rapidamente, me lançando um olhar de aviso. É uma mentira estúpida. É um bolo de abacaxi de cabeça para baixo, doce e macio, e Ayoola não sabe nem fritar um

ovo para salvar a própria vida. Ela raramente entra na cozinha, exceto para caçar lanches ou sob coação.

– Uau – ele diz, mastigando feliz. Está encantado com a informação.

Eu a vejo primeiro, porque estou de frente para as escadas. Ele segue meus olhos e torce o corpo para ver. Escuto-o prender a respiração. Ayoola está parada, permitindo-se ser admirada. Está usando o vestido de melindrosa que estava desenhando há semanas atrás. As contas de ouro se misturam maravilhosamente com sua pele. Os dreadlocks estão em uma longa trança colocada sobre o ombro direito e os sapatos são tão altos que uma mulher menos habilidosa já teria caído da escada.

Tade se levanta devagar e caminha para encontrá-la ao pé da escada. Ele tira uma longa caixa de veludo de seu bolso interno.

– Você está linda... Isso é para você.

Ayoola aceita o presente e o abre. Ela sorri, exibindo a pulseira de ouro para eu e mamãe vermos.

TEMPO

#FemiDurandDesapareceu foi superado por #NaijaJollof-vsKenyanJollof. As pessoas podem se sentir atraídas pelo macabro, mas nunca por muito tempo, e por isso as notícias de seu desaparecimento ficaram para trás de conversas sobre qual país tem o melhor arroz *jollof*. Além disso, Femi tinha quase trinta anos, não era uma criança. Eu li os comentários. Algumas pessoas dizendo que ele provavelmente se cansou e saiu de Lagos. Alguns sugerindo que talvez ele tivesse se matado.

Em um esforço para manter as pessoas preocupadas com Femi, sua irmã começou a postar seus poemas em um blog – www.wildthoughts.com. Não consigo evitar lê-los. Ele era muito talentoso.

Encontrei calma
Em seus braços;
O nada que procuro
Diariamente.
Você é vazia
E eu completo.
Completamente afogado.

Pergunto-me se este poema era sobre ela. Se ele sabia...
– O que você está olhando?
Fecho a tampa do meu laptop rapidamente. Ayoola está emoldurada pelo batente da porta do meu quarto. Estreito os olhos em sua direção.
– Me conte novamente o que houve com Femi – peço.
– Por quê?
– Porque quero saber.
– Não quero falar sobre isso. Me deixa chateada.
– Você disse que ele agrediu você.

– Sim.
– Quer dizer que ele te agarrou?
– Sim.
– E você tentou escapar?
– Sim.
– Mas... Tinha uma ferida nas costas dele.
Ela suspira.
– Olha, eu estava com medo e fui tomada pela adrenalina. Não sei.
– Por que você estava com medo?
– Ele estava me ameaçando, ameaçando me bater e tal. Eu estava encurralada.
– Mas por quê? Por que ele estava tão bravo?
– Eu não... não lembro. Acho que ele viu umas mensagens de um cara no meu celular ou algo do tipo e enlouqueceu.
– Então ele encurralou você, como você pegou a faca? Estava na sua bolsa, certo?
Ela para.
– Eu... eu não sei... tudo aconteceu muito rápido. Eu voltaria atrás, se pudesse. Voltaria atrás para tudo.

O PACIENTE

— Quero acreditar nela. Quero acreditar que foi autodefesa... Quer dizer, da primeira vez, eu fiquei furiosa. Estava convencida de que Somto havia merecido. E ele era tão... pegajoso. Sempre lambendo os lábios, sempre encostando nela. Vi ele coçando lá embaixo uma vez, sabe.

Muhtar não se mexe. Imagino ele me dizendo que coçar as bolas não é um crime.

— Não, claro que não. Mas é bem o tipo de pessoa, todo o... ele era pegajoso e sujo e foi fácil acreditar nas acusações que ela fez. Peter também era... suspeito. Dizia que tinha "negócios" e sempre respondia perguntas com outras perguntas — me encosto na cadeira e fecho os olhos. — Todo mundo odeia isso. Mas Femi... ele era diferente...

Muhtar pergunta quão diferente ele poderia ser de verdade. Afinal de contas, ele parecia ser obcecado pela aparência de Ayoola, assim como Peter e Somto.

— Todo mundo é obcecado com a aparência dela, Muhtar...

Ele diz que não é, e dou risada.

— Você nunca a viu.

A porta abre de repente e pulo da cadeira. Tade entra no quarto.

— Imaginei que encontraria você aqui — ele olha para o corpo inconsciente de Muhtar. — Você realmente se importa com este paciente, não é?

— A família não visita ele tanto quanto costumava visitar.

— Sim, é triste. Mas é como as coisas são, acho. Aparentemente, ele era professor.

— É.

— O quê?

— É. Você disse era. Passado. Ele não está morto. Ainda não, ao menos.

– Ah! Sim. Foi mal! Desculpa.
– Você disse que estava me procurando?
– Eu... não tive mais notícias da Ayoola – sento de novo na cadeira. – Já liguei várias vezes. Ela não atende.

Tenho que admitir, estou um pouco envergonhada. Não contei a Muhtar sobre Ayoola e Tade e sinto que ele está com pena de mim. Me sinto corar.

– Ela não é muito boa em retornar ligações.
– Eu sei. Mas isso é diferente. Não conversamos há duas semanas... você pode falar com ela por mim? Pergunte o que fiz de errado.
– Eu prefiro não me envolver...
– Por favor, por mim – ele agacha e pega minha mão, puxando-a para seu coração e segurando-a lá. – Por favor.

Eu deveria dizer não, mas o calor da mão dele ao redor da minha me deixa tonta, e acabo assentindo.

– Obrigado. Te devo uma.

Com isso, ele deixa Muhtar e eu sozinhos. Sinto-me ridícula demais para ficar por muito tempo.

FAXINEIRA

A família de Femi mandou uma faxineira limpar a casa dele e prepará-la para ser colocada à venda – para seguir em frente, acho. Mas a faxineira descobriu um guardanapo ensanguentado atrás do sofá. Está tudo lá no Snapchat, para o mundo ver que o que quer que tenha acontecido com Femi não aconteceu por sua vontade. A família está pedindo novamente por respostas.

Ayoola me diz que talvez tenha sentado lá. Ela pode ter colocado o guardanapo no assento para evitar manchar o sofá. Ela pode ter esquecido...

– Não tem problema, se me perguntarem, é só eu dizer que o nariz dele sangrou – ela está sentada em frente a sua penteadeira, arrumando os dreadlocks, e estou em pé atrás dela, abrindo e fechando meu punho.

– Ayoola, se você for presa...

– Só quem é culpado vai preso.

– Em primeiro lugar, isso não é verdade. Em segundo, você *matou* um homem.

– Me *defendendo*. O juiz vai entender isso, não? – ela passa blush nas bochechas. Ayoola vive em um mundo onde as coisas sempre acontecem como ela espera. É uma lei tão certa quanto a lei da gravidade.

Deixo-a com a maquiagem e sento no topo da escada, minha testa descansando na parede. Parece haver pequenos relâmpagos dentro da minha cabeça. A parede deveria estar fria, mas é um dia quente, então não encontro consolo lá.

Quando estou ansiosa, converso com Muhtar – mas ele está no hospital e não há ninguém para compartilhar meus medos aqui. Imagino pela milionésima vez como seria se eu dissesse à minha mãe a verdade:

– Ma...

– Hummm.

– *Quero conversar com você sobre Ayoola.*
– *Vocês estão brigando de novo?*
– *Não, ma. Eu... aconteceu uma coisa com Femi.*
– *O menino que está desaparecido?*
– *Bom, ele não está desaparecido. Ele está morto.*
– *Ei!!! Jésù ṣàánú fún wa o!*
– *Sim...ahn...mas veja... foi Ayoola que o matou.*
– *O que há de errado com você? Por que você está culpando sua irmã?*
– *Ela me ligou. Eu o vi... Vi o corpo, vi o sangue.*
– *Cale a boca! Isso parece algo para se brincar?*
– *Mamãe.. eu só...*
– *Eu disse cale a boca. Ayoola é uma criança linda com um temperamento maravilhoso... É esse o problema? É por ciúmes que você está dizendo essas coisas horríveis?*

Não, não faz sentido envolver minha mãe. Ela morreria, ou negaria categoricamente que isso poderia ter acontecido. Ela negaria mesmo que fosse ela quem tivesse sido chamada para enterrar o corpo. Então, me culparia, porque sou a irmã mais velha – sou responsável por Ayoola.

Sempre foi assim. Ayoola quebrava um copo e a culpa caía sobre mim, por lhe dar a bebida. Ayoola repetia em uma matéria, e a culpa era minha, por não lhe ensinar. Ayoola pegava uma maçã e saía da loja sem pagar, e eu era culpada por deixá-la ficar com fome.

Perguntava-me o que aconteceria se Ayoola fosse pega. Se, pela primeira vez, ela fosse responsabilizada por suas ações. Imagino-a tentando usar sua lábia para sair dessa, mas sendo considerada culpada. O pensamento me deixa tentada. Aproveito por um momento e depois me forço a deixar a fantasia de lado. Ela é minha irmã. Não quero que ela apodreça na cadeia e, além disso, sendo Ayoola quem é, provavelmente convenceria o júri de que era inocente. Suas ações eram culpa de suas vítimas e ela havia agido como qualquer pessoa sensata e maravilhosa agiria nas mesmas circunstâncias.

– Senhora?

Levanto os olhos e a doméstica está na minha frente. Ela está segurando um copo de água. Aceito e o encosto em minha testa. O vidro está gelado; fecho os olhos e suspiro. Agradeço, e ela vai tão silenciosamente como veio.

Há pancadas, pancadas altas e frenéticas, na minha cabeça. Solto um gemido e me viro, sem vontade de acordar. Estou deitada em minha cama, completamente vestida. Está escuro e as pancadas estão vindo da porta e não da minha cabeça. Sento na cama, tentando lutar contra os efeitos ainda fortes do analgésico que tomei. Ando até a porta e a destranco. Ayoola passa por mim.

– Merda, merda, merda. Nos viram!
– Quê?
– Olha!

Ayoola enfia o celular na minha cara e pego da mão dela. Ela está no Snapchat e o vídeo que estou olhando mostra o rosto e os ombros da irmã de Femi na tela. A maquiagem está impecável, mas o olhar é sombrio.

– Gente, uma vizinha nos contatou. Ela não disse nada antes porque não achava que importava, mas agora que ouviu sobre o sangue, quer nos contar tudo o que sabe. Ela diz que viu duas mulheres deixarem o apartamento do meu irmão naquela noite. Duas! Ela não conseguiu vê-las com muita clareza, mas tem certeza de que uma delas era Ayoola, que estava namorando meu irmão. Ayoola não nos contou sobre uma segunda mulher com ela... por que ela mentiria?

Sinto um arrepio percorrer meu corpo.

Ayoola estala os dedos abruptamente.

– Quer saber? Já sei!
– Sabe o quê?
– Diremos que ele estava me traindo com você.
– O quê?!

– E eu entrei e descobri vocês e terminei com ele, e você me seguiu. Mas eu não disse nada porque não queria caluniar alguém que tinha...

– Você é inacreditável.

– Olha, sei que te coloca numa situação ruim, mas é melhor do que a outra opção.

Balanço a cabeça, entrego-lhe o telefone e abro a porta para que saia.

– Ok. Ok... e se disséssemos que ele chamou você para mediar uma discussão. Eu queria terminar tudo e ele pensou que você me convenceria a não fazer isso...

– Ou... que tal, ele queria terminar tudo com *você* e *você* pensou que eu poderia intervir e *você* estava com vergonha de admitir.

Ayoola morde o lábio.

– Mas as pessoas acreditariam nisso?

– Saia.

BANHEIRO

Sozinha em meu quarto, ando de um lado para o outro.

Os pais de Femi têm o dinheiro necessário para despertar a curiosidade e o profissionalismo da polícia. E agora eles têm um foco para seu medo e confusão. Eles vão querer respostas.

Pela primeira vez na minha vida adulta, gostaria que ele estivesse aqui. Ele saberia o que fazer. Ele estaria no controle, a cada passo do caminho. Ele não permitiria que o grave erro de sua filha arruinasse sua reputação – ele já teria varrido esse assunto para debaixo do tapete semanas atrás.

Mas é questionável se Ayoola teria se envolvido nessas atividades se ele estivesse vivo. A única forma de represália que ela temia era a dele.

Sento-me na cama e penso na noite da morte de Femi. Eles brigaram, ou algo assim. Ayoola tinha a faca com ela, já que ela a carrega como outras mulheres carregam absorventes. Ela o esfaqueia e sai do banheiro para me ligar. Ela coloca o guardanapo no sofá e senta. Ela espera por mim. Eu chego, movemos o corpo. Esse foi o momento em que ficamos mais expostas. Pelo que sei, ninguém nos testemunhou movendo o corpo, mas não posso ter 100% de certeza.

Não há nada fora do lugar no meu quarto, nada para organizar ou limpar. Minha mesa tem meu laptop, e meu carregador está bem enrolado e preso com uma braçadeira. Minha poltrona está de frente para a cama, o assento livre de bagunça, ao contrário da que está no quarto de Ayoola, que está basicamente se afogando em moldes de vestidos e tecidos de cores diferentes. Minha cama está arrumada e os lençóis estão bem dobrados. Meu armário está fechado, escondendo roupas dobradas, penduradas e organizadas por cor. Mas um banheiro nunca pode estar limpo demais, então arregaço as mangas e vou até lá. O gabinete embaixo da pia está cheio de tudo que é necessário para combater sujeira e doenças –

luvas, água sanitária, lenços, spray desinfetante, limpador de vaso sanitário, limpador multiuso, limpador de superfícies, escova de vaso sanitário e sacos de lixo com proteção contra odores. Coloco as luvas e pego o limpador de superfícies. Preciso de um tempo para pensar.

PERGUNTAS

Eles mandam a polícia para interrogar Ayoola. Acho que a família de Femi cansou de ser boazinha. Os policiais vêm à nossa casa e minha mãe me pede para trazer algo para comer e beber.

Minutos depois, nós três, Ayoola, mamãe e eu, e os dois policiais, estamos sentados à mesa. Eles estão comendo bolo e bebendo Coca-Cola, nos cobrindo de migalhas enquanto fazem suas perguntas. O mais novo está enchendo a boca como se não comesse há dias, apesar do fato de a cadeira mal conter seu tamanho.

– Então ele convidou você para ir na casa dele?
– Sim.
– E aí sua irmã foi lá?
– Uhum.
– Sim ou não, *ma*.
– Sim.

Pedi a ela que desse respostas curtas e objetivas, que evitasse mentir tanto quanto possível e que mantivesse contato visual.

Quando ela me informou que eles estavam chegando, empurrei Ayoola para o escritório do nosso pai.

Vazio de livros e lembranças, era apenas um espaço mofado com uma mesa, uma poltrona e um tapete. Estava escuro, então abri uma cortina – a luz forte revelou partículas de poeira flutuando ao nosso redor.

– Por que você me trouxe aqui?
– Precisamos conversar.
– Aqui? – não havia distrações, nenhuma cama para Ayoola deitar, sem TV para atrair seus olhos, e sem nenhum material para brincar.
– Sente – ela fez cara feia, mas obedeceu. – Quando foi a última vez que você viu Femi?

– Quê? Você sabe, quando eu...
– Ayoola, precisamos estar prontas para estas perguntas – os olhos dela arregalaram e ela sorriu. Ela se recostou. – Não faça isso, não é bom que você pareça muito relaxada. Uma pessoa inocente ainda estaria tensa. Por que você o matou?
Ela parou de sorrir.
– Eles realmente perguntariam isso?
– Eles podem tentar te enganar.
– Eu não o matei – ela olhou diretamente em meus olhos ao dizer isso.

Sim, lembrei, eu não precisava ensiná-la a manter contato visual. Ela era profissional nisso.
O policial mais novo cora.
– Há quanto tempo vocês dois estavam namorando, *ma*?
– Um mês.
– Isso não é muito tempo.
Ela não diz nada, e me sinto orgulhosa.
– Mas ele queria terminar com você?
– Uhum.
– Ele-queria-terminar-com-você? *Abi*, não era o contrário?
Pergunto-me se Ayoola estava certa, se na minha raiva eu havia esquecido a improbabilidade de um homem deixá-la voluntariamente. Mesmo agora, todos somos nada se comparados a ela. Ela está vestida apenas com uma blusa cinza e calça azul-marinho, não aplicou nada além de lápis de sobrancelha no rosto e não está usando joias – mas isso a faz parecer mais jovem e mais descansada. Quando ela dá aos policiais um sorriso ocasional, revela suas covinhas marcadas.
Pigarreio e espero que Ayoola entenda a mensagem.
– Será que importa quem queria terminar?
– *Ma*, se você queria terminar, precisamos saber.
Ela suspira, e torce as mãos.

– Eu me importava com ele, mas ele não era exatamente meu tipo... – minha irmã está na profissão errada. Ela deveria estar em frente às câmeras, com luzes emoldurando sua inocência.

– Qual é o seu tipo, *ma*? – pergunta o mais novo.

– E sua irmã foi mediar o assunto? – o mais velho completa, rapidamente.

– Sim. Ela foi ajudar.

– E?

– E o quê?

– Ela ajudou? Vocês voltaram?

– Não... estava tudo acabado.

– E você e sua irmã foram embora juntas e ele ficou lá?

– Hummm.

– Sim ou não?

– Ela respondeu, *na* – mamãe interrompe. Sinto outra dor de cabeça pairando. Este não é o momento para essas palhaçadas de mãe-urso. Ela está inflada agora, tendo se controlado durante a maior parte da entrevista. Imagino que nada disso faça sentido para ela. Ayoola dá um tapinha leve em sua mão.

– Está tudo bem, mamãe. Eles estão fazendo o trabalho deles. A resposta é sim.

– Obrigada, *ma*. O que ele estava fazendo quando vocês foram embora?

Ayoola morde o lábio e olha para a direita.

– Ele foi com a gente até a porta e a fechou quando saímos.

– Ele estava bravo?

– Não. Resignado.

– Resignado, *ma*?

Ela suspira. É uma mistura hábil de cansaço e tristeza. Assistimos ela enrolar um dreadlock com o dedo.

– Tipo, ele tinha aceitado que as coisas não dariam certo entre nós.

– Srta. Korede, você concorda com essa avaliação? O Sr. Durand tinha aceitado a situação?

Lembro-me do corpo, meio deitado, meio sentado no chão do banheiro e do sangue. Duvido que ele tenha tido tempo de entender seu destino, muito menos aceitá-lo.

– Imagino que ele estava infeliz. Mas não havia nada que ele pudesse fazer para ela mudar de ideia.

– E vocês duas foram para casa?

– Sim.

– No mesmo carro?

– Sim.

– No carro da Srta. Korede?

Cravo as unhas em minhas coxas e pisco. Por que eles estão tão interessados no meu carro? Do que eles poderiam suspeitar? Alguém nos viu mover o corpo? Tento acalmar minha respiração sem chamar atenção. Não; ninguém nos viu. Se tivéssemos sido vistas carregando um pacote em forma de corpo, esse interrogatório não estaria ocorrendo no conforto de nossa casa. Esses homens não suspeitavam de nós. Eles provavelmente tinham sido pagos para nos interrogar.

– Sim.

– Como você foi até lá, Srta. Ayoola?

– Não gosto de dirigir. Peguei um Uber.

Eles assentem.

– Podemos dar uma olhada no seu carro, Srta. Korede?

– Por quê? – mamãe pergunta. Eu deveria estar comovida por ela sentir a necessidade de me defender também; mas em vez disso estou furiosa com o fato de ela não suspeitar de nada, não saber de nada. Por que as mãos dela devem permanecer limpas, enquanto as minhas ficam cada vez mais manchadas?

– Só queremos ter certeza de que não deixamos nada de lado.

– Por que temos que passar por isso? Minhas filhas não fizeram nada de errado – mamãe se levanta enquanto faz sua defesa equivocada e sentimental. O policial mais velho franze a testa, se levanta, raspando a cadeira no chão de mármore, e depois cutuca o parceiro para fazer o mesmo. Talvez eu deixe as coisas acontecerem. Alguém inocente não estaria indignada?

– *Ma*, vamos só olhar rapidinho...

– Já fomos educadas o bastante. Por favor, vão embora.

– *Ma*, se formos embora, voltaremos com a documentação necessária.

Quero falar, mas as palavras não saem da minha boca. Estou paralisada – só consigo pensar no sangue que estava no porta-malas.

– Eu disse para irem embora – mamãe enfatiza. Ela marcha até a porta e eles são forçados a segui-la. Acenam secamente para Ayoola e saem da casa. Mamãe bate a porta. – Vocês acreditam nesses imbecis?

Ayoola e eu não respondemos. Estamos revendo nossas opções.

SANGUE

Eles vêm no dia seguinte e levam meu carro – um Ford Focus prateado. Nós três ficamos na porta, de braços cruzados, e observamos eles se afastarem. Meu carro é levado a uma delegacia de polícia, a uma área que eu nunca frequento, para ser rigorosamente examinado em busca de provas de um crime que não cometi, enquanto o Fiesta de Ayoola permanece bonitinho em nosso condomínio. Meus olhos se fixam em seu *hatchback* branco. Tem a aparência brilhosa de um veículo recém-lavado. Não foi contaminado com sangue.

Viro para Ayoola.

– Vou usar seu carro para ir trabalhar.

Ayoola faz cara feia.

– Mas e se eu precisar ir a algum lugar durante o dia?

– Você pode pegar um Uber.

– Korede – mamãe começa, cautelosa –, por que você não usa meu carro?

– Não quero dirigir um carro com marcha. O da Ayoola está bom.

Entro na casa e vou para meu quarto, antes que qualquer uma delas tenha a chance de responder. Minhas mãos estão frias, e as esfrego em meus jeans.

Limpei o carro. Limpei até quase destruí-lo. Se eles encontrarem um pontinho de sangue, será porque sangraram enquanto procuravam. Ayoola bate em minha porta e entra. Não dou bola para a presença dela e pego a vassoura para varrer o chão.

– Você está brava comigo?

– Não.

– Parecia que sim.

– Só não gosto de ficar sem carro, só isso.

– E é minha culpa.

– Não. É culpa do Femi, por sangrar em meu porta-malas.

Ela suspira e senta em minha cama, ignorando minha expressão de "vá embora".

— Não é só você que está sofrendo, sabe. Você age como se estivesse carregando esse peso sozinha, mas também estou preocupada.

— Está? Por que esses dias você estava cantando *I Believe I Can Fly*.

Ayoola dá de ombros.

— Essa música é boa.

Tento não gritar. Mais e mais, ela me lembra dele. Ele podia fazer algo ruim e se comportar como um cidadão modelo logo depois. Como se a coisa ruim nunca tivesse acontecido. Está no sangue? Mas o sangue dele é o sangue dela e o meu sangue.

PAI

Ayoola e eu estamos vestindo *aṣọ ẹbí*. É costume usar roupas *ankara* parecidas nesses tipos de eventos. Ela escolheu a cor – é um conjunto de um roxo profundo. Ele odiava a cor roxa, o que tornava sua escolha perfeita. Ela também criou as peças – a minha é um vestido sereia, lisonjeiro para meu corpo alto, e a dela se agarra a cada uma de suas curvas. Nós duas usamos óculos escuros para disfarçar o fato de que nossos olhos estão secos.

Minha mãe chora na igreja, dobrada em si; ela soluça tão alto e poderosamente, que seu corpo sacode. Pergunto-me em que ela está focando para trazer as lágrimas – sua própria fragilidade? A morte de Ayoola? Ou talvez ela esteja simplesmente lembrando do que ele fez com ela, conosco.

Examino os corredores e vejo Tade procurando por um lugar para sentar.

– Você o convidou? – rosno.

– Eu comentei. Ele se convidou.

– Merda.

– Qual o problema? Você disse para eu ser legal com ele.

– Eu disse que era para você resolver as coisas. Não disse para envolvê-lo ainda mais – mamãe me belisca e calo a boca, mas estou tremendo. Alguém coloca uma mão gentilmente em meu ombro, acreditando que estou tomada pela emoção. Estou, apenas não do tipo que pensam.

– Fechemos os olhos e lembremos deste homem, pois os anos que ele passou conosco foram um presente de Deus – a voz do padre é baixa, solene. É fácil para ele dizer essas coisas porque ele não o conhecia. Ninguém o conhecia de verdade.

Fecho os olhos e sussurro palavras de gratidão para quaisquer forças que estejam mantendo a alma dele presa. Ayoola procura minha mão e eu aceito.

Depois da cerimônia, as pessoas vêm se lamentar conosco e desejar que fiquemos bem. Uma mulher se aproxima de mim, me abraça e não solta. Ela começa a sussurrar: "Seu pai era um grande homem. Ele sempre me ligava para saber como eu estava e ajudava com a mensalidade da faculdade...". Estou tentada a informá-la que ele tinha várias namoradas em várias universidades em Lagos. Fazia tempo que havíamos parado de contar. Uma vez ele me disse que era necessário alimentar a vaca antes de abatê-la; era como a vida funcionava.

Respondo com um simples: "Sim, ele pagava muitas mensalidades". Quando eles têm dinheiro, as universitárias são para os homens o que o plâncton é para uma baleia. Ela sorri para mim, me agradece e segue seu caminho.

A festa é o que se espera – algumas pessoas que conhecemos, cercadas por pessoas das quais não nos lembramos, mas para quem sorrimos mesmo assim. Quando encontro um tempo para mim, saio e ligo outra vez para a delegacia para perguntar quando eles devolverão meu carro. Mais uma vez, me respondem com desculpas infundadas. Se houvesse alguma coisa a ser encontrada, eles já teriam encontrado, mas o homem do outro lado da linha não concorda com minha lógica.

Volto a tempo de ver Titia Taiwo na pista de dança, provando que ela conhece as coreografias mais recentes dos últimos sucessos. Ayoola está sentada no meio de três rapazes, todos competindo por sua atenção. Tade já foi embora e esses caras têm a esperança de substituí-lo para sempre. Ele tentou apoiá-la, ficar ao lado dela o tempo todo, como um homem deveria; mas Ayoola estava muito ocupada flutuando de um lado para o outro, absorvendo os holofotes. Se ele fosse meu, eu não sairia do lado dele. Viro os olhos para longe dela e tomo um gole de *chapman*.

MAGA

– Titia, tem um homem aqui para ver você.
Ayoola está assistindo a um filme em seu laptop no meu quarto. Ela poderia estar assistindo em seu quarto, mas sempre parece acabar no meu. Ela levanta a cabeça para olhar a doméstica. Sento-me imediatamente. Deve ser a polícia. Minhas mãos estão frias.
– Quem é?
– Não o conheço, *ma*.
Ayoola me lança um olhar apreensivo ao levantar da minha cama e sair do quarto. O homem está sentado em nosso sofá e de onde estou consigo ver que não é a polícia e não é Tade. O estranho está segurando um buquê de rosas.
– Gboyega! – ela desce a escada correndo e ele a pega com um braço, rodopiando. Eles se beijam.
Gboyega é um homem alto com uma barriga aparente. Seu rosto é redondo e barbudo, e seus olhos são pequenos e afiados. Ele também tem pelo menos quinze anos a mais de experiência de vida do que Ayoola. Estreitando os olhos, suponho que consiga ver sua beleza. Mas primeiro vejo o relógio Bvlgari em seu pulso e os sapatos Ferragamo nos pés. Ele olha para mim.
– Olá.
– Gboyega, esta é Korede, minha irmã mais velha.
– Korede, é um prazer conhecê-la. Ayoola sempre me conta que você cuida dela.
– Estou em desvantagem. Nunca ouvi falar de você.
Ayoola ri como se meu comentário fosse uma piada, e muda de assunto com um aceno da mão.
– Gboye, você deveria ter ligado.
– Sei que você gosta de surpresas e recém cheguei na cidade – ele se inclina e os dois se beijam novamente. Tento não vomitar. Ele lhe entrega as flores e ela suspira apropriadamente, mesmo que elas

nem se comparem às que o Tade enviou. – Posso te levar para sair?
– Ok, só preciso me trocar. Korede, você pode fazer companhia para o Gboye? – ela já correu de volta para cima antes que eu pudesse dizer não. Ainda assim, decido ignorar o pedido e segui-la.
– Então, você é enfermeira? – ele diz para minhas costas. Paro e suspiro.
– Você é casado? – respondo.
– O quê?
– Seu dedo anelar, a parte onde o anel ficaria é mais clara que o resto.
Ele balança a cabeça e sorri.
– Ayoola sabe.
– Sim. Tenho certeza que sabe.
– Eu me importo com ela. Quero que ela tenha tudo do melhor – diz. – Dei a ela o capital para ela iniciar a empresa de moda, sabe, e paguei pelos cursos.
Estou surpresa. Ela me disse que havia pagado com o próprio dinheiro – da receita de seus vídeos no YouTube. Ela até tinha me dado um sermão moralizador por minha falta de senso para negócios. Quanto mais ele fala, mais percebo que sou uma *maga* – uma tola de quem tiraram proveito. Gboyega não é o problema, ele é apenas outro homem, outra pessoa sendo usada por Ayoola. O que eu deveria sentir dele é pena. Quero contar a ele o quanto temos em comum, embora ele se gabe das coisas que fez por ela, enquanto eu começo a me ressentir das coisas que fiz. Em solidariedade, e para fazê-lo ficar quieto, ofereço-lhe um pedaço de bolo.
– Claro, eu amo bolo. Vocês têm chá?
Faço que sim. Quando passo por ele, ele dá uma piscadela.
– Korede – ele pausa. – Ẹ jọ o, não cuspa no meu chá.
Dou as instruções necessárias à doméstica e depois atravesso a cozinha e subo as escadas dos fundos para interrogar Ayoola. Ela está aplicando delineador nas pálpebras inferiores.
– O que diabos está acontecendo aqui?

– Por isso não contei para você. Você é muito julgadora.
– Você está falando sério? Ele me disse que pagou pelos seus cursos de moda. Você disse que tinha juntado dinheiro.
– Encontrei um patrocinador. É a mesma coisa.
– E o seu... E o Tade?
– O que ele não sabe não vai machucá-lo. Além disso, você pode me culpar por querer um pouco de emoção na minha vida? Tade é muito chato. E carente. *Abeg*, preciso de um tempo.
– O que há de errado com você? Quando é que você vai parar?!
– Parar o quê?
– Ayoola, é melhor você mandar este homem embora, ou juro que eu...
– Você vai o quê? – ela ergue o queixo e me encara.
Não farei nada. Quero ameaçá-la, dizer que se ela não me escutar, terá que lidar com as consequências de suas ações sozinha, pela primeira vez. Quero berrar e gritar, mas daria na mesma gritar com uma parede. Vou para meu quarto. Trinta minutos depois, ela sai da casa com Gboyega. Ela não volta até a uma da manhã. Não durmo até a uma da manhã.

PAI

Ele frequentemente chegava tarde em casa. Mas lembro-me daquela noite, porque ele não estava sozinho. Havia uma mulher amarela em seus braços. Saímos do meu quarto porque mamãe estava gritando e lá estavam eles no topo da escada. Minha mãe estava de camisola com um *wrapper*, seu traje de dormir habitual.

Ela nunca levantou a voz para ele. Mas naquela noite, ela era como uma *banshee*, seu afro estava solto, sem faixas e restrições, aumentando a ilusão da loucura. Ela era Medusa e eles eram estátuas diante dela. Ela foi arrancar a mulher do braço dele.

– Ẹ gbà mí o! Ṣ'o fẹ b'alé mi jẹ? Ṣ'o fẹ yí mi lọ́ri, ni? Olúwa k'ojú sí mi!

Ela nem estava gritando com o marido – era da intrusa que ela estava com raiva. Lembro-me de brigar com minha mãe, embora houvesse lágrimas em meus olhos. Lembro-me de pensar em como ela parecia boba, tão irritada, enquanto ele ficou alto e impassível diante dela.

Ele olhou para a esposa com indiferença.

– Se você não calar a boca agora, vou dar um jeito em você – informou com firmeza.

Ao meu lado, Ayoola prendeu a respiração. Ele sempre cumpria as ameaças. Mas desta vez mamãe estava cega, envolvida em um cabo de guerra com a mulher, que embora parecesse adulta para mim então, agora sei que provavelmente não tinha mais que 20 anos. Também entendo agora que embora fosse provável que mamãe soubesse de suas indiscrições, tê-las em sua casa era mais do que ela podia aguentar.

– Me solta! – a menina gritou, tentando libertar o pulso do aperto feroz de minha mãe.

Momentos depois, ele puxou a mamãe pelos cabelos até seus pés saírem do chão e a jogou contra a parede. E bateu no rosto dela. Ayoola choramingou e me agarrou. A "mulher" riu.

– Viu, meu namorado não deixa você encostar em mim.

Minha mãe deslizou pela parede até o chão. Eles passaram por ela e foram para o quarto dele. Esperamos até o corredor estar livre e corremos para ajudá-la. Ela estava inconsolável. Queria que a deixássemos lá para chorar. Ela berrou. Tive que sacudi-la.

– Mamãe, por favor, vamos subir.

Nós três dormimos no meu quarto naquela noite.

Na manhã seguinte, a menina cor de banana tinha ido embora e nos sentamos em volta da mesa para o café da manhã, em silêncio, exceto meu pai, que falou em voz alta sobre o dia que teria e parabenizou "sua esposa perfeita" por cozinhar tão bem. Ele não estava bajulando, havia apenas superado o incidente.

Não demorou muito depois disso para mamãe começar a depender do Zolpidem.

PESQUISA

Olho para a foto de Gboyega no Facebook. O homem que olha de volta é uma versão mais jovem e magra dele. Examino suas fotos até ter certeza de que sei que tipo de homem ele é. Isso é o que descubro:

Uma esposa bem vestida e três rapazes altos: os dois primeiros estão estudando na Inglaterra, enquanto o terceiro ainda está no ensino médio. Eles residem em uma casa em Banana Island – um dos bairros mais caros de Lagos. Ele trabalha com petróleo e gás. Suas fotos mostram principalmente férias na França, nos EUA, em Dubai etc. Eles são exatamente a típica família nigeriana de classe média alta.

Se a vida dele é tão banalmente sem graça, posso ver por que ele ficaria intrigado com a inacessibilidade e a espontaneidade de Ayoola. As legendas das fotos falam sobre como sua esposa é maravilhosa, e como ele tem sorte por tê-la, mas me pergunto se ela sabe que o marido procura outras mulheres. Ela é bonita do jeito dela. Mesmo tendo dado à luz três filhos e deixado a juventude para trás, ela manteve uma figura esbelta. O rosto está sempre habilmente maquiado e as roupas escolhidas são lisonjeiras e fazem justiça ao dinheiro que ele deve gastar para mantê-la.

Faz um dia e meio que ligo para Ayoola sem parar, tentando descobrir onde diabos ela está. Ela saiu de casa cedo e informou à minha mãe que ia viajar. Nem se incomodou em me dizer. Tade tem me ligado com a mesma frequência e eu não atendo. O que devo dizer? Não tenho ideia de onde ela está ou o que está fazendo. Ayoola só escuta a si mesma; até precisar de mim. A doméstica me traz um copo de suco enquanto continuo minha pesquisa. Está quente como um forno lá fora, então estou passando meu dia livre em casa, na sombra.

A esposa de Gboyega não é ativa no Facebook, mas a encontro no Instagram. Seus posts sobre o marido e os filhos são intermináveis, intercalados apenas por fotos de comida e opiniões ocasionais sobre o governo do presidente Buhari. O post de hoje é uma foto antiga de si mesma e do marido no dia do casamento. Ela está olhando para a câmera, rindo, e ele está olhando para ela apaixonadamente. A legenda diz:

> #MCM Oko mi, meu coração e pai dos meus filhos. Eu agradeço a Deus pelo dia em que você me viu. Eu não sabia, na época, que você estava com medo de falar comigo, mas fico feliz que você tenha superado esse medo. Não consigo imaginar como teria sido minha vida sem você. Obrigada por ser o homem dos meus sonhos. Feliz aniversário de casamento, bae. #bae #mceveryday #throwbackthursday #loveisreal #blessed #grateful

CARRO

A polícia devolve meu carro – no hospital. O uniforme preto e os rifles não são sutis. Cravo as unhas nas palmas das minhas mãos.

– Vocês não podiam ter devolvido isso na minha casa? – resmungo para eles. Pelo canto do olho, vejo Chichi se aproximando.

– É melhor agradecer que eles devolveram, hein – ele me entrega um recibo. Um pedaço de papel rasgado contendo o número da minha placa, a data em que o carro foi devolvido e a quantia de ₦5.000.

– Pra que isso?

– Custos de logística e transporte – é o mais novo da entrevista em nossa casa; aquele que estava tropeçando em si mesmo por causa de Ayoola. Seu comportamento não é tão desajeitado agora. Percebo que ele está pronto para que eu faça um escândalo. Armado e pronto. Por um segundo, gostaria que Ayoola estivesse ao meu lado.

– Como é que é? – eles não podem estar falando sério.

Chichi já está quase ao meu lado. Não posso prolongar esta conversa. Ocorre-me que eles escolheram deixá-lo em meu local de trabalho por esse motivo. Em casa, eu teria todo o poder. Poderia simplesmente exigir que eles saíssem do condomínio. Aqui, estou à mercê deles.

– Sim, *na*. O custo de dirigir seu carro para a estação e da estação é ₦5.000.

Mordo meu lábio. Irritá-los não é do meu interesse; preciso que eles saiam antes que atraiam mais atenção. Todos os olhares dos dois lados das portas do hospital estão em mim, no meu carro e nesses dois gênios.

Olho para meu carro. Está sujo, coberto de poeira. E consigo ver um recipiente de comida no banco de trás. Só imagino como estará o porta-malas. Eles sujaram todo meu carro com suas mãos imundas, e limpeza nenhuma removerá as lembranças deixadas.

Mas não há nada que eu possa fazer. Coloco a mão no bolso e conto cinco mil naira.

— Vocês encontraram alguma coisa?

— Não — admite o homem mais velho. — Seu carro tava limpo — eu sabia que havia feito um trabalho minucioso. Sabia que estaria limpo. Mas ouvi-lo proferir as palavras me fez quase chorar de alívio.

— Bom dia! — por que Chichi ainda estava aqui? O turno dela acabara há trinta minutos. Eles devolvem o bom dia animado com sua própria versão cordial. — Muito bem, *o* — ela diz. — Vejo que devolveram o carro da minha colega.

— Sim. Mesmo que sejamos pessoas muito ocupadas — o policial mais novo enfatiza. Ele está encostado no carro, a mão gorda sobre o teto.

— Muito bem. Muito bem. Ficamos gratas. Ela estava tendo que usar o carro da irmã — entrego o dinheiro, eles entregam a chave. Chichi finge que não viu a troca.

— Sim, obrigada — dói dizer isso. Sorrir dói. — Pelo que entendi, vocês são muito ocupados. Não quero incomodar mais — eles resmungam e se afastam. Provavelmente, chamarão um *okada* para levá-los de volta à estação. Ao meu lado, Chichi está praticamente vibrando.

— *Nawa o*. O que *houve*?

— O que houve com o quê? — volto para o hospital e Chichi vem atrás.

— Por que eles levaram seu carro, *na*? Eu notei que você estava sem seu carro, mas pensei que talvez estivesse com o mecânico ou algo assim. Mas não achei que estivesse com a polícia! — ela tenta sussurrar "polícia" e falha.

Entramos pela porta junto com a Sra. Rotinu. Tade ainda não chegou, ela terá que esperar. Chichi agarra minha mão e me arrasta até uma sala de radiografia.

— Então, o que houve?

— Nada. Meu carro esteve envolvido em um acidente. Eles só estavam verificando, por causa do seguro.
— E eles levaram seu carro só por isso?
— Sabe como é a polícia. Sempre trabalhando duro.

CORAÇÃO

Tade está com uma aparência horrível. A camisa está amarrotada, ele precisa se barbear e a gravata está torta. Nenhum canto ou assobio escapa de seus lábios há dias. Este é o poder de Ayoola, e quando vejo o sofrimento de Tade, não consigo deixar de ficar impressionada.

– Tem outro cara – ele me diz.

– Tem? – estou exagerando na atuação, minha voz sai esganiçada. Não que ele perceba. Sua cabeça está baixa. Ele está meio sentado em sua mesa, com as mãos aos lados, apertando-a com força, de modo que consigo ver a flexão e extensão, o trabalho em conjunto, a ondulação de seu corpo.

Largo o arquivo que levei para ele na mesa e estendo a mão para tocá-lo. Sua camisa é branca. Não o branco cintilante das camisas que Femi provavelmente tinha, ou do meu uniforme de enfermeira, mas o branco de um solteirão distraído. Eu poderia ajudar Tade a branquear seus brancos, se ele me deixasse. Deixo minha mão descansar em suas costas e acaricio. Ele acha o gesto reconfortante? Eventualmente, suspira.

– É tão fácil falar com você, Korede.

Sinto seu perfume misturado com suor. O calor de fora está se infiltrando no cômodo e sufocando o vento do ar condicionado.

– Eu gosto de conversar com você – digo. Ele levanta a cabeça e olha para mim. Estamos separados apenas por um ou dois passos. Perto o suficiente para beijar. Os lábios dele são macios como parecem? Ele me dá um sorriso gentil e eu sorrio de volta.

– Também gosto de conversar com você. Queria...

– Sim? – será que ele começou a perceber que Ayoola não é para ele? Ele desvia o olhar novamente e não me seguro. – Você está melhor sem ela, sabe – digo suavemente.

Sinto ele se contraindo.

— O quê? — a voz dele está calma, mas há algo por trás que não estava lá antes. Irritação? — Por que você diria isso sobre sua irmã?
— Tade, ela não tem sido exatamente...
Ele afasta minha mão e se levanta, afastando-se da mesa, e de mim.
— Você é irmã dela, deveria ficar ao seu lado.
— Estou sempre do lado dela. É só que... ela tem muitos lados. Nem todos tão bonitos quanto o que você enxerga...
— É assim que você fica ao lado dela? Ela me contou que você a trata como se ela fosse um monstro, e eu não acreditei.

As palavras dele me atingem como flechas. Ele era *meu* amigo. Meu. Ele procurava *meus* conselhos e *minha* companhia. Mas agora, olha para mim como se eu fosse uma estranha, e o odeio por isso. Ayoola fez o que sempre faz quando está com homens, mas qual é a desculpa dele? Coloco meus braços em volta do meu estômago, e viro meu rosto para que ele não possa ver meus lábios tremendo.

— E agora você acredita?
— Tenho certeza que ela ficará agradecida por alguém acreditar! Não é à toa que ela está sempre procurando atenção em... homens — ele quase não consegue dizer a última palavra, quase não consegue imaginar Ayoola nos braços de outro.

Dou risada. Não consigo evitar. Ayoola venceu tão completamente. Ela viajou para Dubai com Gboyega (uma atualização via mensagem de texto) e deixou Tade de coração partido, mas de algum jeito a bruxa sou *eu*.

Aposto que ela esqueceu de mencionar que foi instrumental na morte de pelo menos três homens. Respiro fundo para não dizer nada de que vá me arrepender. Ayoola é desatenciosa, egoísta e imprudente, mas seu bem-estar é e sempre foi minha responsabilidade.

Do canto do meu olho, vejo que as folhas do arquivo estão espalhadas. Ele deve tê-las deslocado quando se levantou da mesa. Uso um dedo para puxar o arquivo até mim e o levanto, batendo contra a superfície para alinhar os papéis. Onde está o mérito de dizer a verdade? Ele não quer ouvir, ele não quer acreditar em nada que saia da minha boca. Ele só quer Ayoola.

– Ela precisa do seu apoio e do seu amor. Só assim ela vai se acalmar – por que ele não cala a boca? O arquivo está tremendo em minhas mãos agora e sinto uma enxaqueca se formando em um canto do meu crânio. Ele balança a cabeça para mim. – Você é a irmã mais velha. Deveria agir como tal. Tudo que vi você fazer foi afastá-la – *por sua causa*... mas não digo nada. Perdi a vontade de me defender.

Será que ele sempre fora propenso a palestrar desse jeito? Largo o arquivo em sua mesa e passo rapidamente por ele. Acho que o ouço chamar meu nome enquanto viro a maçaneta da porta, mas o som é abafado pelas batidas em minha cabeça.

O PACIENTE

Muhtar está dormindo pacificamente, esperando por mim. Entro no quarto e fecho a porta.
– É porque ela é bonita, sabe. Só isso. Eles não se importam com o resto. Ela tem passe-livre pela vida – Muhtar me deixa desabafar. – Você acredita, ele disse que não a apoio, que não a amo... Ela o deixou pensar isso. Ela lhe disse isso. Depois de tudo...
Engasgo com minhas palavras, incapaz de terminá-las. Nosso silêncio é interrompido apenas pelo bipe rítmico do monitor. Respiro várias vezes e verifico seu arquivo. Ele terá que fazer outra sessão de fisioterapia em breve, então, já que estou ali, posso realizar seus exercícios. O corpo dele obedece enquanto movo os membros para um lado e para o outro. Minha mente repete a cena com Tade várias vezes, cortando algumas partes, ampliando outras.

O amor não é erva daninha,
Não cresce onde quiser...

As palavras de Femi vêm a mim sem serem convidadas. Pergunto-me o que ele pensaria de tudo isso. Imagino que ele não estivesse com Ayoola há muito tempo. Ele teria compreendido quem ela é se tivesse tempo suficiente. Ele era perceptivo.
Meu estômago ronca; o coração pode estar quebrado, mas a carne precisa comer. Termino de girar os tornozelos de Muhtar, aliso seus lençóis e saio do quarto. Mohammed está limpando o chão do corredor. A água que ele está usando está amarela e ele cantarola para si mesmo.
– Mohammed, troque essa água – exclamo. Ele fica tenso quando escuta minha voz.
– Sim, *ma*.

ANJO DA MORTE

– Como foi a viagem?
– Foi tudo bem... Exceto que... Ele morreu.

O copo do qual eu estava bebendo suco escorrega da minha mão e quebra no chão da cozinha. Ayoola está de pé na porta. Ela está em casa há dez minutos e já sinto como se meu mundo estivesse virando de cabeça para baixo.

– Ele... ele morreu?
– Sim. Intoxicação alimentar – ela responde, sacudindo os dreadlocks. Ela os refez e colocou contas no final para que, quando se movessem, batessem uns contra os outros e fizessem um som de chocalho. Seus pulsos estão adornados com grandes pulseiras de ouro. Veneno não é o estilo dela, e parte de mim quer acreditar que isso é uma coincidência. – Liguei para a polícia. Eles informaram a família.

Agacho-me para pegar alguns dos pedaços de vidro maiores. Penso na esposa do homem, sorridente no Instagram. Ela teria a presença de espírito para solicitar uma autópsia?

– Estávamos no quarto juntos e, de repente, ele começou a suar e apertar a garganta. Daí começou a espumar pela boca. Foi muito assustador – mas os olhos dela estão acesos, ela está me contando uma história que acredita ser fascinante. Não quero falar com ela, mas ela parece determinada a compartilhar todos os detalhes.

– Você tentou chamar ajuda? – lembro de nós duas de pé, olhando nosso pai morrer e sei que ela não tentou. Ela o assistiu morrer. Talvez ela não o tenha envenenado, mas saiu do caminho e deixou a natureza fazer seu trabalho.

– É claro. Liguei para a emergência. Mas eles não chegaram a tempo.

Meus olhos se concentram no pente de diamante enfiado em seus cabelos. A viagem foi boa para ela. O ar de Dubai parece ter iluminado sua pele e ela está vestindo roupas de grife da cabeça aos pés. Gboyega certamente não era mesquinho com seu dinheiro.

– Que pena – procuro por um sentimento maior do que pena por esse homem de "família" que morreu, mas mesmo isso é escasso. Nunca conheci Femi, mas seu destino me afetou de uma maneira que esta notícia não me afeta.

– Sim. Vou sentir saudades – ela responde, distraída. – Espera, comprei uma coisa pra você – ela mergulha a mão na bolsa e começa a remexer quando a campainha toca. Ela olha para cima com expectativa e sorri. Certamente, não pode ser... mas, você sabe, a vida é assim. Tade entra pela porta e ela se lança em seus braços. Ele a abraça apertado, enterrando a cabeça no cabelo dela.

– Sua menina malcriada – diz, e se beijam. Apaixonadamente.

Afasto-me rapidamente antes que ele tenha a chance de perceber que há uma terceira pessoa no cômodo. Eu odiaria ter que conversar sobre banalidades com ele. Tranco-me no quarto, sento em minha cama de pernas cruzadas e olho para o nada.

O tempo passa. Ouço uma batida em minha porta.

– *Ma*, você vai descer para o jantar? – pergunta a doméstica, balançando-se na planta dos pés.

– Quem está na mesa?

– Mamãe, mana Ayoola e Sr. Tade.

– Quem mandou você me chamar?

– Eu vim sozinha, *ma* – não, claro que eles não pensariam em mim. Mamãe e Ayoola estarão se deleitando com a atenção de Tade e Tade vai... quem se importa com o que ele vai. Sorrio para a única pessoa que parece se importar se eu me nutrir ou não. De trás de seu corpo pequeno, risadas flutuam até mim.

– Obrigada, mas não estou com fome.

Ela fecha a porta e vai embora, bloqueando os sons de felicidade. Ao menos Ayoola não estará em meu espaço por um tempo. Uso esta oportunidade para pesquisar o nome de Gboyega no Google. De fato, encontro um artigo sobre sua morte trágica.

> Nigeriano Morre em Viagem de Negócios a Dubai
> Um empresário nigeriano morreu em Dubai depois de supostamente ser vítima de uma overdose de drogas.
> O Ministério das Relações Exteriores confirmou que Gboyega Tejudumi – que estava hospedado no famoso resort Royal – morreu após passar mal em seu quarto.
> Apesar dos esforços dos serviços de emergência, ele foi declarado morto no local.
> Não houve mais ninguém envolvido no acidente, segundo a polícia...

Pergunto-me como Ayoola convenceu a polícia a manter seu nome fora das notícias. Pergunto-me quais as diferenças entre uma intoxicação alimentar e uma overdose de drogas. Pergunto-me quais são as chances de que a morte de uma pessoa, na companhia de uma *serial killer*, aconteça por acaso.

Ou talvez a verdadeira pergunta seja: quão confiante estou de que Ayoola só usa a faca?

Abro outros artigos sobre a morte de Gboyega; encontro outras mentiras. Ayoola nunca ataca a menos que seja provocada. Mas se ela interferiu na morte de Gboyega. Se ela era responsável, então por que fez isso? Gboyega parecia apaixonado. Ele traía a esposa, mas fora isso, parecia inofensivo.

Penso em Tade no andar de baixo, sorrindo seu sorriso característico e encarando Ayoola como se ela fosse incapaz de fazer qualquer coisa errada. Eu não aguentava olhar nos olhos de Tade, se ele não estivesse olhando para mim. Mas não fiz tudo o que podia para separá-los? E tudo que recebi de volta foi julgamento e desprezo.

Desligo meu laptop.

Escrevo o nome de Gboyega no caderno.

NASCIMENTO

De acordo com o folclore familiar, na primeira vez que pus os olhos em Ayoola, achei que ela era uma boneca. Mamãe a embalou na minha frente e eu fiquei na ponta dos pés, puxando seu braço para mais perto para ver melhor. Ela era pequena, mal ocupava espaço da rede que mamãe criara com os braços. Seus olhos estavam fechados e ocupavam metade do rosto. Ela tinha um nariz de botão e lábios permanentemente franzidos. Toquei seu cabelo; era macio e encaracolado.

– Ela é minha?

Mamãe riu, seu corpo sacudindo, o que despertou Ayoola. Ela gorgolejou. Tropecei para trás em surpresa e caí de costas.

– Mamãe, ela falou! A boneca falou!

– Ela não é uma boneca, Korede. Ela é um bebê, sua irmãzinha. Você é uma irmã mais velha agora, Korede. E irmãs mais velhas cuidam de suas irmãzinhas.

ANIVERSÁRIO

É aniversário de Ayoola. Permito que ela volte a postar em suas mídias sociais. As novidades sobre o Femi diminuíram. As mídias sociais esqueceram seu nome.

– Abra meu presente antes – mamãe insiste. Ayoola obedece. É tradição em nossa casa que, nos aniversários, as pessoas abram presentes logo pela manhã. Demorei muito tempo para descobrir o que dar a ela. Não tenho me sentido muito generosa.

O presente de mamãe é um conjunto de louças de jantar, para quando Ayoola casar.

– Sei que Tade vai pedir em breve – anuncia.

– Pedir o quê? – Ayoola responde, distraída por meu presente. Comprei-lhe uma máquina de costura nova. Ela sorri para mim, mas não consigo devolver o sorriso. As palavras de mamãe estão virando meu estômago.

– Pedir sua mão em casamento! – Ayoola franze o nariz pensando na possibilidade. – Está na hora de você, de vocês duas, começarem a pensar nisso.

– Porque casar foi tão bom para você...

– O que você disse?

– Nada – murmuro. Mamãe me olha, mas ela não me ouviu, então é forçada a deixar para lá. Ayoola se levanta para se trocar para a festa, e continuo enchendo balões. Escolhemos cinza e branco, por respeito a Femi.

Mais cedo, li um poema em seu blog:

O sol africano brilha intensamente.
Queimando nossas costas;
nossas cabeças,
nossas mentes –
Nossa raiva não tem causa, exceto se

o sol for uma causa.
Nossas frustrações não têm raízes, exceto se
o sol for uma raiz.

Deixo um comentário anônimo no blog, sugerindo que seus poemas sejam reunidos e transformados em uma antologia. Espero que sua irmã ou um amigo leia.

Ayoola e eu não temos amigos no sentido tradicional da palavra. Acho que você tem que confiar em alguém, e vice-versa, para poder chamá-lo de amigo. Ela tem minions, e eu tenho Muhtar. Os minions começam a chegar lá pelas quatro horas; a doméstica os deixa entrar, e eu os direciono para a comida na mesa da sala de estar. Alguém coloca uma música e as pessoas aproveitam os lanches. Mas só consigo pensar se Tade vai ou não usar essa oportunidade para tentar assegurar Ayoola para sempre. Se eu achasse que ela o amava, acredito que conseguiria ficar feliz por eles. Conseguiria, acho. Mas ela não o ama e, por algum motivo, ele não enxerga esse fato; ou não se importa.

São cinco da tarde e Ayoola ainda não desceu. Estou usando o vestido preto por excelência. É curto e tem uma saia solta. Ayoola disse que usaria preto também, mas tenho certeza que ela mudou de ideia pelo menos uma dúzia de vezes até agora. Resisto à vontade de ir verificar como ela está, mesmo quando me perguntam por ela pela centésima vez.

Odeio festas em casa. As pessoas esquecem da etiqueta que seria esperada se visitassem sua casa em um dia normal. Elas deixam os pratos de papel em toda e qualquer superfície; elas derramam bebidas e se afastam; elas mergulham as mãos em tigelas de aperitivos, pegam alguns e devolvem outros; elas procuram lugares para transar. Pego alguns copos de papel que alguém deixou em um banquinho e os jogo em um saco de lixo. Estou prestes a buscar um limpador de superfícies quando a campainha toca: Tade.

Ele está... ele está vestindo jeans e uma camiseta branca que abraça

seu corpo e um blazer cinza. Não consigo evitar olhar para ele.
– Você está bonita – diz. Suponho que elogiar minha aparência seja uma bandeira branca. Não deveria me afetar. Fiquei fora de seu caminho, mantive a cabeça baixa. Não quero que seu elogio casual me toque; mas sinto uma leveza dentro de mim. Tensiono os músculos do meu rosto para impedir que um sorriso exploda. – Olha, Korede, desc...
– Olá.
O "olá" vem das minhas costas, e me viro e vejo Ayoola. Ela veste um vestido maxi tão perto da cor e da tonalidade de sua pele que, na iluminação fraca, ela parece quase nua, com brincos de ouro, saltos dourados e a pulseira que Tade lhe deu para completar. Detecto um pouco de bronzer dourado em sua pele.

Tade passa por mim e a beija gentilmente nos lábios. Amor ou não, eles são um casal muito atraente; na aparência, pelo menos. Ele entrega a ela um presente e deslizo para mais perto para poder ver o que é. É uma caixa pequena, mas muito longa e estreita para ser um anel. Tade olha na minha direção e ando em linha reta e ajo como se estivesse ocupada. Volto para o centro da festa e começo a recolher pratos de papel de novo.

Vejo flashes de Tade e Ayoola durante a noite – rindo juntos perto do ponche, beijando-se nas escadas, dando bolo na boca um do outro na pista de dança, até que não aguento mais. Pego um xale e saio de casa. Ainda está quente, mas abraço a mim mesma sob o tecido. Preciso falar com alguém, qualquer um; alguém além de Muhtar. Considerei fazer terapia uma vez, mas Hollywood revelou que os terapeutas têm o dever de quebrar a confidencialidade se a vida do paciente ou de outra pessoa estiver em perigo. Tenho a sensação de que, se eu falasse sobre Ayoola, essa confidencialidade seria quebrada em cinco minutos. Não existe uma opção onde ninguém morre e Ayoola não precisa ser encarcerada? Talvez eu pudesse ver um terapeuta e deixar os assassinatos fora disso. Conseguiria preencher muitas sessões apenas falando sobre Tade e Ayoola e como vê-los juntos me vira do avesso. "Você gosta dele?", ela havia perguntado. Não, Ayoola. Eu o amo.

ENFERMEIRA CHEFE

Assim que entro no hospital, vou ao consultório do Dr. Akigbe, de acordo com o seu pedido por e-mail. Como de costume, seu e-mail foi abrupto, misterioso, projetado para deixar o receptor ansioso. Bato na porta.

– Entre! – a voz dele é como um martelo na porta.

No momento, o Dr. Akigbe, o médico mais velho e veterano de St Peter's, está olhando para a tela do computador, rolando as páginas com o mouse. Ele não diz nada, então me sento por conta própria e espero. Ele para de rolar e levanta a cabeça.

– Você sabe quando este hospital foi fundado?

– 1971, senhor – reclino-me em minha cadeira e suspiro. Será realmente possível que ele me chamou aqui para me dar um sermão sobre a história do hospital?

– Excelente, excelente. Eu não estava aqui naquela época, é claro. Não sou tão velho assim! – ele ri da própria piada. Ele é, claro, tão velho assim. Só estava trabalhando em outro lugar na época. Limpo a garganta, na esperança de desencorajá-lo a iniciar uma história que já ouvi milhares de vezes antes. Ele se levanta, revelando sua estatura completa, de um metro de oitenta e oito, e se alonga. Sei o que ele está fazendo. Ele vai pegar o álbum de fotos. Ele vai me mostrar fotos do hospital em seus primeiros dias e dos três fundadores de quem ele nunca para de falar.

– Senhor, eu tenho que, Ta... Dr. Otumu quer que eu auxilie em uma tomografia.

– Certo, certo – ele ainda está procurando o álbum na prateleira.

– Sou a única enfermeira disponível treinada para auxiliar em uma tomografia, senhor – digo, enfaticamente. Talvez seja demais esperar que minhas palavras o apressem, mas o que quer que ele tenha a me dizer, prefiro não esperar uma hora para ouvi-lo. Para minha surpresa, ele vira e sorri para mim.

— E é por isso que chamei você aqui!

— Senhor?

— Faz um tempo que venho observando você — ele demonstra isso direcionando o indicador e o dedo médio para os olhos e depois para mim. — E gosto do que vejo. Você é meticulosa e apaixonada por este hospital. Para falar a verdade, você me lembra de mim! — ele ri de novo. Parece um cachorro latindo.

— Obrigada, senhor — as palavras dele me aquecem por dentro e dou um sorriso. Eu estava apenas fazendo meu trabalho, mas é gratificante ter meus esforços reconhecidos.

— Nem preciso dizer que você é a escolha óbvia para o cargo de enfermeira chefe!

Enfermeira chefe. É certamente um papel que combina comigo. Afinal, já faço o trabalho de uma enfermeira chefe há algum tempo. Tade mencionou que eu estava sendo considerada para a vaga e penso no jantar de comemoração que ele prometeu que teríamos. Isso é impensável agora, acho. Não tenho a amizade de Tade e Femi provavelmente já aumentou três vezes de tamanho, mas agora sou a enfermeira chefe do Hospital St Peter's. As palavras soam bem.

— Estou honrada, senhor.

COMA

Quando chego na recepção, Chichi ainda está por perto. Talvez ela tenha um homem em casa para quem não quer voltar. Ela está conversando animadamente com um grupo de funcionárias que nem estão prestando atenção. Pego as palavras "milagre" e "coma".
– O que está acontecendo? – pergunto.
– Você não soube?
– Soube do quê?
– Seu melhor amigo acordou!
– Acordou? Quem? Yinka?
– Não. O Sr. Yautai! Ele acordou!

Estou correndo antes mesmo de pensar em responder. Deixo Chichi em pé ao lado da enfermaria e corro para o terceiro andar. Preferiria ter recebido a notícia do Dr. Akigbe, pois poderia ter feito as perguntas neurológicas pertinentes, mas considerando que ele havia encontrado outra oportunidade para dar uma palestra sobre a história do hospital, não é de se surpreender que ele tenha esquecido de mencionar isso. Ou talvez ele não tenha dito porque não é verdade, e Chichi entendeu mal…

A família de Muhtar está em volta de sua cama, então não o vejo imediatamente. Sua esposa, cujo corpo esbelto está gravado em minha memória, e um homem alto, acho que é seu irmão, estão de costas para mim. Eles não estão se tocando, mas seus corpos estão inclinados um para o outro como se estivessem sendo puxados por alguma força. Talvez eles tenham consolado um ao outro com muita frequência.

Encarando a porta, e agora a mim, estão seus filhos. Seus dois filhos estão com as costas retas – um chorando em silêncio –, enquanto sua filha segura um bebê recém-nascido, inclinando-se para que seu pai possa ver. É esse gesto que finalmente me força a encarar a realidade. Muhtar voltou à terra dos vivos.

Afasto-me da reunião familiar, mas então ouço a voz dele. "Ela é linda".
Nunca ouvi sua voz antes. Quando o conheci, ele já estava em coma, e imaginei que sua voz seria forte e pesada. Na verdade, ele não fala há meses, então sua voz está estridente, fraca, quase um sussurro.
Viro-me e esbarro em Tade.
– Opa – ele se desequilibra para trás e se segura.
– Ei – digo, distraída, minha mente ainda no quarto de Muhtar. Tade examina a cena por cima do meu ombro.
– Então, o Sr. Muhtar acordou?
– Sim, é maravilhoso – consigo dizer.
– Tenho certeza que foi por sua causa.
– Eu, *ke*?
– Você o apoiou. Ele nunca foi esquecido nem negligenciado.
– Ele não sabe disso.
– Talvez não, mas é impossível antecipar a que estímulos o cérebro responderá.
– Sim.
– Parabéns, aliás.
– Obrigada – espero, mas ele não menciona a promessa de que celebraríamos a promoção.
Passo ao seu redor e continuo pelo corredor.

Assim que volto para a recepção, escuto um grito. Os pacientes da sala de espera olham em volta, surpresos, enquanto Yinka e eu corremos em direção ao som. Está vindo do quarto 105. Ela abre a porta e nós entramos para encontrar Assibi e Gimpe emboladas. Gimpe segura Assibi em um mata-leão, e Assibi está arranhando os seios de Gimpe. Elas congelam quando nos veem. Yinka começa a rir.
– *Ye!* – ela exclama, depois de ter esgotado a risada.
– Obrigada, Yinka – digo, enfaticamente.
Ela fica lá parada, ainda sorrindo.
– Obrigada – digo novamente. A última coisa que preciso é de

Yinka colocando mais lenha em uma fogueira já acesa.
– O quê?
– Posso lidar com isso sozinha.
Por um momento, penso que ela vai discutir, mas ela dá de ombros.
– Tá bom – murmura. Ela olha para Assibi e Gimpe mais uma vez, dá um sorrisinho e sai do cômodo. Limpo a garganta.
– Você fica daquele lado, você fica desse lado – quando as duas estão em seus lugares, bem afastadas uma da outra, lembro-as de que isto é um hospital, não um bar de beira de estrada. – Eu deveria demitir as duas.
– Não, *ma*.
– Por favor, *ma*.
– Expliquem para mim o que aconteceu de tão sério que fez vocês duas brigarem assim, fisicamente – elas não respondem. – Estou esperando.
– É a Gimpe. Ela está tentando roubar meu namorado.
– Ah é?
– Mohammed não é seu namorado! – Mohammed? Sério? Eu gostaria de ter me antecipado à Yinka e saído da sala. Agora que penso nisso, ela provavelmente adivinhou o que estava acontecendo.
Mohammed é um faxineiro péssimo, com hábitos de higiene pessoal deploráveis, e mesmo assim ele conseguiu fazer essas duas mulheres se apaixonarem por ele, criando drama dentro do hospital. Ele realmente deveria ser demitido. Eu não sentiria sua falta.
– Não me importa quem Mohammed namora. Vocês duas podem se encarar a distância ou queimar a casa uma da outra, mas quando entrarem neste hospital, vão se comportar de maneira profissional ou vão estar em risco de perder o emprego. Entenderam?
Elas murmuram alguma coisa que parece *mmmshhh shingle hghate bchich*.
– Vocês entenderam?
– Sim, *ma*.
– Excelente. Por favor, voltem ao trabalho.

Quando volto para a recepção, encontro Yinka reclinada na cadeira, os olhos fechados, a boca aberta.

– Yinka! – bato uma prancheta no balcão, fazendo-a acordar em um susto. – Se eu pegar você dormindo de novo, você receberá uma advertência.

– Quem morreu e deixou para você o cargo de enfermeira chefe?

– Na verdade - sussurra Bunmi – ela foi promovida hoje de manhã.

– O quê?

– Haverá uma reunião sobre o assunto mais tarde – completo.

Yinka não diz nada.

O JOGO

Está chovendo; o tipo de chuva que destrói guarda-chuvas e torna capas de chuva inúteis. Estamos presos em casa – Ayoola, Tade e eu. Tento evitá-los, mas Ayoola me prende enquanto atravesso a sala de estar.

– Vamos jogar alguma coisa!

Eu e Tade suspiramos.

– Não conte comigo – digo.

– Por que *nós* não jogamos, só os dois? – Tade sugere para Ayoola.

Tento ignorar a pontada em meu coração.

– Não. É um jogo que precisa de três ou mais pessoas. Tem que ser todos nós ou nenhum de nós.

– Podemos jogar damas, ou xadrez?

– Não. Eu quero jogar Detetive.

Se eu fosse Tade, diria para ela enfiar o Detetive no...

– Vou pegar – ela dá um pulo e deixa Tade e eu na sala juntos. Não quero olhar para ele, então olho pela janela, para o cenário inundado. As ruas do condomínio estão vazias, todos se refugiaram dentro de casa. No mundo ocidental você pode andar ou dançar na chuva, mas aqui, a chuva vai te afogar.

– Talvez eu tenha sido duro demais aquele dia – diz. Ele espera que eu responda, mas não consigo pensar em nada para dizer. – Me falaram que irmãs podem ser... ruins umas com as outras.

– Quem te disse isso?

– Ayoola.

Quero rir, mas sai como um chiado.

– Ela te admira muito, sabe – finalmente, olho para ele. Olho em seus inocentes olhos castanho-claros e me pergunto se já fui assim, se tive esse tipo de inocência. Ele é tão maravilhosamente normal e ingênuo. Talvez a ingenuidade dele seja tão atraente para Ayoola quanto é para mim – suponho que a nossa tenha sido espancada até sair de nós. Abro minha boca para responder e Ayoola pula de volta no sofá. Ela está segurando o jogo de tabuleiro contra o peito. Os olhos dele me esquecem e se concentram nela.

– Tade, você já jogou?
– Não.
– Ok, você joga para descobrir quem é o assassino, em que cômodo o assassinato aconteceu, e com que arma. Quem descobrir antes, ganha!

Ela lhe entrega o manual e pisca para mim.

DEZESSETE

Ayoola tinha dezessete anos da primeira vez, e estava desesperada. Ela me ligou e eu quase não entendi o que ela estava dizendo.
– Você o quê?
– Eu... A faca... está... tem sangue por todo lado... – seus dentes estavam batendo como se ela estivesse com frio, e tentei controlar meu pânico crescente.
– Ayoola, se acalma. Respira fundo. Você está sangrando onde?
– Eu... eu não estou... Somto. É o Somto.
– Ele te atacou?
– Eu...
– Onde você está? Vou ligar...
– Não! Venha sozinha.
– Ayoola, onde você está?
– Você vem sozinha?
– Eu não sou médica.
– Não vou dizer, a não ser que você prometa vir sozinha! – então, prometi.
Quando cheguei ao dormitório, Somto já estava morto. As calças dele estavam nos tornozelos e a expressão de choque em seu rosto era igual a minha.
– Você... fez isso?
Naquela época, eu tive medo de ficar lá e limpar, colocamos fogo no quarto. Nunca sequer considerei entregar Ayoola à polícia. Por que correr o risco de que seu grito de autodefesa não fosse ouvido?
Somto tinha um apartamento com vista para a água – a mesma água que levava ao lago da Terceira Ponte Continental. Pegamos o diesel que ele mantinha para o gerador, jogamos sobre o corpo dele, acendemos um fósforo e fugimos. Os outros inquilinos saíram rapidamente do bloco quando o alarme de incêndio disparou,

de modo que não houve danos colaterais. Somto era fumante; era toda a prova que a universidade precisava.

Assassina: Ayoola; Local: Apartamento; Arma: Faca.

DEVORADORA DE HOMENS

Ayoola vence no Detetive, mas só porque sou obrigada a ficar explicando as regras para Tade para impedir que ele caia nas armadilhas que ela tem o costume de armar.

Eu tinha me convencido de que se Tade vencesse aqui... talvez...

– Você é expert nisso – ele diz para ela, apertando sua coxa. – Ei, estou com fome. Não recusaria um pouco daquele bolo. Ainda tem?

– Pergunte para Korede, *na*.

– Ah. Korede também cozinha?

Ela levanta as sobrancelhas e olha para mim. Encontro os olhos dela e espero.

– Você acha que eu cozinho?

– Sim... eu comi seu bolo de abacaxi de cabeça para baixo.

– Korede disse que eu que fiz aquilo?

Ele franze a testa.

– Sim... espera, não... foi sua mãe.

Ela sorri para ele, como que desculpando-se por ele ter sido enganado.

– Não cozinho nem se minha vida depender disso – diz, simplesmente. – Korede fez *crumble* de maçã hoje de manhã, você quer?

– Ah. Ok, claro.

Ayoola chama a doméstica e pede que ela traga o *crumble* de maçã com creme e pratos. Cinco minutos depois, ela está distribuindo porções generosas. Empurro o meu para longe, enojada. Tade come um pouco, fecha os olhos e sorri.

– Korede, isso está divino.

ACORDADO

Não fui ao quarto de Muhtar desde que ele saiu do coma. É o fim dessa fase. Não posso mais falar com ele com impunidade e, na verdade, nem era a enfermeira alocada para atendê-lo.
– Korede.
– Hummm
– O paciente do 313 pediu para ver você.
– Muhtar? Por quê?
Chichi dá de ombros.
– Melhor perguntar para ele.
Considero ignorar os chamados, mas logo ele estará caminhando pelo andar como parte da fisioterapia, então sei que é só uma questão de tempo até eu ser obrigada a vê-lo. Bato em sua porta.
– Entre.
Ele está sentado na cama com um livro nas mãos, que ele larga ao seu lado. Ele olha para mim, cheio de expectativa. Há manchas pesadas ao redor de seus olhos, mas as pupilas estão focadas e nítidas. Ele parece ter envelhecido desde que acordou.
– Sou a enfermeira Korede – ele arregala os olhos.
– Era você!
– Eu o quê?
– Você que me visitava.
– Ah, elas te contaram?
– Quem?
– A enfermeiras.
– As enfermeiras? Não, não. Eu me lembro.
– Você lembra do quê? – o quarto está gelado; minhas mãos estão dormentes, a temperatura caindo.
– Lembro da sua voz. De você falando comigo.
Minha pele é escura, mas tenho certeza de que todo o sangue desceu para meus pés, me deixando como um fantasma. E todas

aquelas pesquisas que estabeleceram a improbabilidade de pacientes em coma estarem cientes de seu entorno? Sim, Tade estava convencido de que minhas visitas lhe faziam bem, mas nunca pensei que Muhtar pudesse me ouvir de verdade.

– Você lembra de mim falando com você?

– Sim.

– Você lembra o que eu disse?

MERCADO

Quando eu tinha dez anos, mamãe me perdeu no mercado.

Fomos comprar tomates, folhas amargas, lagostins, cebolas, atum, banana, arroz, frango e carne. Eu estava segurando a lista, mas já tinha memorizado tudo e estava cantarolando em voz baixa.

Mamãe estava segurando a mão de Ayoola e eu andava atrás delas. Meus olhos estavam focados nas costas de mamãe, para não as perder no mar de pessoas empurrando e acotovelando pelo caminho entre as barracas. Ayoola viu algo, talvez um lagarto, e decidiu persegui-lo. Ela largou a mão de mamãe e correu. Mamãe, agindo por instinto, correu atrás dela.

Demorei um segundo para reagir. Na época, não sabia que Ayoola tinha fugido. Em um momento minha mãe estava andando rapidamente, mas de forma constante na minha frente, no próximo, ela estava indo embora sem mim.

Tentei segui-la, mas a perdi imediatamente e parei de correr. De repente, eu estava em um lugar que não conhecia, rodeada por estranhos ameaçadores. Sinto-me agora do mesmo jeito que me senti naquela ocasião. Confusa, assustada e certa de que algo ruim acontecerá comigo.

MEMÓRIA

Muhtar franze o rosto, juntando as sobrancelhas, e dá de ombros.
– É muito confuso.
– Do que você lembra?
– Você quer sentar? – ele sinaliza a cadeira, e obedeço. Preciso mantê-lo falando. Contei a esse homem quase todos os meus segredos, convencida de que ele seria enterrado com eles, mas agora ele está me dando um sorriso tímido e tentando fazer contato visual.
– Por que você fez isso?
– O quê? – pergunto, mas não reconheço minha voz.
– Me visitar. Você não me conhece, e tenho a impressão que as visitas da minha família tinham diminuído até quase nada.
– Era difícil para eles ver você daquele jeito.
– Você não precisa justificar as ações deles – ficamos em silêncio depois disso, sem saber o que dizer. – Eu tenho uma neta agora.
– Parabéns.
– O pai diz que não é dele.
– Interessante.
– Você é casada?
– Não.
– Ainda bem. Casar não é como dizem por aí.
– Você estava dizendo que lembra de alguma coisa?
– Sim. Maravilhoso, não é? Você pensa que o corpo todo está hibernando, mas o cérebro segue funcionando, coletando informações. Realmente fascinante – Muhtar é muito mais falante do que pensei que ele seria, e gesticula muito enquanto fala. Consigo imaginá-lo à frente de uma sala cheia de jovens, palestrando sobre coisas com as quais eles não se importam, mas continuando com paixão e vontade.
– Você lembra de muito, então?
– Não. Não muito. Sei que você gosta de pipoca com calda.

Você disse que eu deveria provar um dia.

Minha respiração para na garganta. Ninguém mais aqui saberia disso além de Tade, e Tade não tem o costume de pregar peças.

– Só isso? – pergunto baixinho.
– Você parece nervosa. Você está bem?
– Estou.
– Tenho um pouco de água aqui, se você...
– Sério, estou bem. Mais alguma coisa?

Ele me examina, inclinando a cabeça para o lado.

– Ah, sim. Lembro de você dizendo que sua irmã é uma *serial killer*.

LOUCURA

O que me levou a confiar em um corpo que ainda respirava? Um pensamento indesejado adentra minha mente – um meio para um fim. Afasto o pensamento, encontro seu olhar e dou risada.
– Eu disse quem ela matou?
– Disso eu não lembro bem.
– Bem, é de se esperar. Pacientes que estiveram em coma normalmente acham difícil separar o mundo dos sonhos da realidade.
Ele assente.
– Eu pensei o mesmo.
Mas ele não parece convencido, ou talvez meu medo esteja me fazendo ver coisas que não existem em seu tom de voz. Ele ainda está me encarando, tentando entender as coisas. Tenho que ser profissional.
– Você tem tido dores de cabeça?
– Não... não tive.
– Bom. Está tendo dificuldade para dormir?
– Às vezes...
– Hummm... Bem, se você começar a ter alucinações...
– Alucinações?!
– Não fique assustado, apenas informe o médico.
Ele parece assustado e me sinto um pouco culpada. Levanto.
– Descanse, e se você precisar de algo, pressione o botão ao seu lado.
– Você se importa de ficar um pouco mais? Sua voz é agradável.
Seu rosto é fino e rígido. Os olhos são sua parte mais expressiva. Eles me seguem enquanto me movo, endireitando coisas que já estão no lugar. Elas me tiram a paciência.
– Desculpa, senhor, tenho que voltar ao trabalho.
– Você não está trabalhando estando aqui?
– Não sou a enfermeira alocada para cuidar do senhor – forço

um sorriso e levanto, empurrando a cadeira de volta para o canto. Finjo examinar seu histórico mais uma vez, e vou até a porta.
— Fico feliz que você esteja se sentindo melhor, Sr. Yautai – digo, e saio do quarto.

Três horas depois, Bunmi me informa que Muhtar pediu que eu seja sua enfermeira. Yinka, que *é* sua enfermeira, dá de ombros, sem se importar.

— Ele tem olhos assustadores, de qualquer modo.

— Para quem ele pediu isso? – pergunto.

— Para o Dr. Paciente-em-primeiro-lugar – Dr. Akigbe. A chance de Dr. Akigbe autorizar o pedido de Muhtar é muito, muito alta. Ele ama dar aos pacientes coisas que eles pedem e que não têm nada a ver com ele.

Afundo na cadeira na recepção e considero minhas opções, mas nenhuma delas é ideal. Imagino escrever seu nome no caderno. Pergunto-me se as coisas são assim para Ayoola – em um minuto ela está tonta de felicidade e animação, e no minuto seguinte sua mente está cheia de intenções assassinas.

ADORMECIDA

Sonho com o Femi. Não o Femi inanimado. Femi cujo sorriso estava por todo o Instagram e cuja poesia está marcada em minha mente. Tenho tentado entender como ele se tornou uma vítima. Ele era arrogante, não há dúvidas sobre isso. Mas homens bonitos e talentosos geralmente são. O tom em seu blog era abrupto e cínico, e ele não parecia tolerar tolices. Mas como se estivesse em guerra consigo mesmo, sua poesia era divertida e romântica. Ele era... complexo. O tipo de homem que não deveria ter caído no feitiço de Ayoola.

No meu sonho, ele senta em sua cadeira e me pergunta o que vou fazer.

– Fazer sobre o quê?

– Ela não vai parar, sabe.

– Ela estava se defendendo.

– Você não acredita mesmo nisso – ele me repreende, balançando a cabeça.

Ele se levanta e começa a se afastar de mim. Eu o sigo, porque o que mais posso fazer? Quero acordar, mas também quero ver onde Femi vai me levar. Acontece que ele quer visitar o lugar onde morreu. Olhamos para seu corpo, totalmente desamparado. Ao lado dele, no chão, está a faca que ela carrega e com a qual derrama sangue. Ela já a havia escondido antes de eu chegar, mas em meu sonho a vejo tão clara quanto o dia.

Ele me pergunta se poderia ter feito algo diferente.

– Você poderia tê-la enxergado como ela é de verdade.

SORVETE

O nome dela é Peju.
Ela está rondando nosso condomínio e me ataca no momento em que saio do portão. Não a reconheço imediatamente, mas enfio a cabeça para fora da janela para ver o que ela quer.
– O que você fez com ele?
– Oi?
– Femi. O que você fez com o Femi? – percebo então quem ela é. Eu a vi vezes demais para contar no Instagram. Ela é a pessoa que tem postado sobre Femi, a que intimou Ayoola via Snapchat. Ela perdeu muito peso e seus lindos olhos estão vermelhos. Tento permanecer impassível.
– Não posso te ajudar.
– Não pode? Ou não quer? Eu só quero saber o que aconteceu com ele – tento seguir dirigindo, mas ela abre minha porta. – A pior parte é não saber – a voz dela treme.
Desligo o motor e saio do carro.
– Eu sinto muito, mas...
– Algumas pessoas estão dizendo que ele provavelmente foi embora do país, mas ele não faria isso, ele não nos faria ficar preocupados deste jeito... Se soubéssemos...
Sinto um forte ímpeto de confessar, contar a ela o que aconteceu com o irmão, para que ela não precisasse passar a vida toda imaginando as possibilidades. As palavras aparecem em minha mente – *Desculpa, minha irmã o esfaqueou pelas costas e eu criei o plano de jogar o corpo na água.* Penso em como soaria. Penso no que aconteceria depois.
– Olha, eu realmente...
– Peju?
Peju levanta a cabeça e vê Ayoola andando em nossa direção.
– O que você está fazendo aqui? – Ayoola pergunta.

— Vocês foram as últimas a vê-lo. Sei que vocês estão escondendo alguma coisa. Diga o que aconteceu com meu irmão.

Ayoola está vestindo um macacão – ela é a única pessoa que conheço que ainda consegue usar essa roupa – e está tomando um sorvete, provavelmente da sorveteria da esquina. Ela para de lamber, não porque ficou comovida com as palavras de Peju, mas porque ela sabe que é apropriado parar o que se está fazendo quando se está na presença de alguém que está sofrendo. Passei três horas lhe explicando esta regra de etiqueta em particular, em uma tarde de domingo.

— Você acha que ele está... morto? – Ayoola pergunta, com a voz baixa.

Peju começa a chorar. É como se a pergunta de Ayoola tivesse derrubado uma represa que ela vinha fazendo o melhor para sustentar. Seu choro é profundo e alto. Ela engole ar e seu corpo estremece. Ayoola lambe o sorvete mais uma vez e, em seguida, puxa Peju para um abraço com o braço livre. Esfrega as costas de Peju enquanto ela chora.

— Vai ficar tudo bem. Vai ficar tudo bem no final – Ayoola sussurra.

Será que importa quem está confortando Peju? O que está feito, está feito. E daí se somente a assassina do seu irmão consegue falar honestamente sobre a possibilidade de ele ter morrido? Peju precisava ser liberada do fardo esmagador da esperança de que Femi ainda pudesse estar vivo, e Ayoola foi a única pessoa disposta a fazê-lo.

Ayoola continua a dar tapinhas nas costas de Peju enquanto olha resignada para o sorvete, que não consegue mais lamber, enquanto ele derrete e escorre pela rua.

SEGREDO

– Korede, posso falar com você um segundo?

Assinto e sigo Tade para seu consultório. Assim que a porta fecha, ele sorri para mim. Meu rosto cora e tenho que sorrir de volta.

Ele está particularmente bonito – cortou o cabelo recentemente. Geralmente, ele é bastante conservador com o cabelo, raspando-o quase até o couro cabeludo, mas tem deixado crescer, e agora está mais curto na nuca e nas laterais, com a parte de cima com uns dois centímetros de altura. Combina com ele.

– Quero te mostrar uma coisa, mas você tem que prometer manter segredo.

– Ok...

– Promete.

– Prometo guardar o segredo.

Ele vai até a gaveta, cantarolando, e pega algo de dentro. Uma caixa de anel.

– Quem? – exclamo. Como se houvesse qualquer dúvida sobre para quem seria o anel. E para quem não seria.

– Você acha que ela vai gostar?

O diamante do anel tem lapidação princesa, dois quilates, rodeado por pedras preciosas. Ela teria que ser cega para não gostar.

– Você quer pedir Ayoola em casamento – digo, para não haver nenhum mal-entendido.

– Sim. Você acha que ela vai aceitar?

Finalmente, uma pergunta para a qual não tenho resposta. Pisco para afastar lágrimas quentes e limpo a garganta.

– Não é cedo demais?

– Quando você tem certeza, simplesmente tem. Você vai entender um dia, Korede, quando se apaixonar.

Surpreendo-me dando risada. Começa como uma exclamação, depois uma risadinha, depois uma risada incontrolável, que provoca

lágrimas. Tade está me olhando, mas não consigo parar. Quando finalmente me acalmo, ele pergunta:
— O que é tão engraçado?
— Tade... Do que você gosta na minha irmã?
— Tudo.
— Mas se você precisasse especificar algo.
— Bom... ela é... Muito especial.
— Ok... Mas o que a torna tão especial?
— Ela é muito... quer dizer, ela é linda e perfeita. Nunca quis tanto estar com alguém.

Esfrego minha testa com os dedos. Ele não mencionou o fato de que ela ri das coisas mais bobas e nunca guarda rancor. Ele não mencionou quão rápida ela é para trapacear em jogos ou que ela consegue fazer a bainha de uma saia sem sequer olhar para os dedos. Ele não conhece suas melhores características nem seus... segredos mais sombrios. E ele não parece se importar.

— Guarde seu anel, Tade.
— O quê?
— Isso é tudo... — sento na mesa dele e tento encontrar as palavras. — Isso é só uma brincadeira para ela.

Ele suspira e balança a cabeça.
— As pessoas mudam, Korede. Sei que ela me traiu e tudo mais, mas isso é porque ela nunca conheceu amor de verdade. E é isso que posso dar para ela.
— Ela vai machucar você — tento colocar uma mão em seu ombro, mas ele a afasta.
— Eu sei lidar...

Como este homem pode ser tão obtuso? A frustração que estou sentindo é como gás borbulhando em meu peito, e não consigo controlar a necessidade de arrotar.
— Não... é sério: ela vai machucar você. Fisicamente! Ela já machucou pessoas, homens — tento demonstrar o que estou dizendo com minhas mãos, estrangulando o ar.

Há um momento de silêncio no qual ele considera o que eu falei, e eu considero que falei. Abaixo minhas mãos. Eu deveria parar de falar agora. Já disse tudo que posso. Agora, ele está sozinho.

– Isso é porque você não tem alguém? – ele pergunta.

– O quê?

– Por que você não quer que Ayoola avance na vida? É como se você quisesse que ela dependesse de você para sempre – ele balança a cabeça, desapontado, e preciso sufocar minha vontade de gritar. Cravo as unhas nas palmas das mãos. Nunca segurei Ayoola, pelo contrário, provavelmente lhe dei um futuro.

– Eu não...

– É como se você não quisesse que ela fosse feliz.

– Ela já matou! – grito, arrependida no momento em que as palavras saem da minha boca. Tade balança a cabeça de novo, maravilhado com quão baixo estou disposta a ir.

– Ela me contou sobre o cara que morreu. Disse que você a culpa por isso – fico tentada a perguntar a ele a qual cara ele se refere, mas vejo que essa é uma batalha que não posso vencer. Perdi antes mesmo de saber que tinha começado. Ayoola pode não estar aqui, mas Tade é como uma marionete, falando as palavras dela.

– Olha – ele acalma a voz, mudando de tática. – Ela realmente quer sua aprovação, e só recebe julgamentos e desdém. Ela perdeu alguém que amava, e tudo que você faz é responsabilizá-la. Eu nunca achei que você poderia ser tão cruel. Achei que te conhecia, Korede.

– Não. Você não sabe nada sobre mim, nem sobre a mulher que você vai pedir em casamento. E aliás, Ayoola nunca usaria um anel de menos de três quilates – ele me olha como se eu estivesse falando outra língua, a caixa do anel presa em sua mão. Que perda de tempo foi tudo isso.

Olho para ele por cima do meu ombro quando abro a porta.

– Só se cuide – ela havia me avisado: *Ele não é profundo. Só quer um rostinho bonito.*

AMIGO

Quando me aproximo da enfermaria, Yinka levanta os olhos do telefone.

– Ah, que bom, é você. Achei que ia ter que ir atrás de você.

– O que você quer?

– Com licença, viu... *Eu* não quero nada, mas o cara do coma não para de pedir por você.

– O nome dele é Muhtar.

– Que seja – Yinka encosta as costas na cadeira e volta a jogar Candy Crush. Me viro e vou até o quarto 313.

Ele está chupando um *agbalumo*, sentado em uma das cadeiras. Outra enfermeira deve ter colocado ele lá, para mudar de ares. Ele sorri quando eu entro.

– Olá!

– Oi.

– Por favor, sente, sente.

– Não posso ficar muito tempo – não estou a fim de conversar, a conversa com Tade ainda está em meus ouvidos.

– Sente-se.

Sento. Sua aparência melhorou muito. O cabelo foi cortado, e ele parece ter ganhado um pouco de peso. Sua cor também está melhor. Digo isso para ele.

– Obrigado. É incrível como estar consciente pode fazer bem para a saúde! – ele ri sozinho, e para. – Você está bem? Está um pouco pálida.

– Estou bem. Em que posso ajudá-lo, Sr. Yautai?

– Por favor, não precisa ser tão formal. Pode me chamar de Muhtar.

– Ok...

Ele levanta e pega um saco de papel da mesa de centro e me entrega. Pipoca com calda por cima. Parece delicioso.

– Você não precisava fazer isso.
– Quis fazer. É o mínimo que posso fazer para agradecer.

O hospital não nos permite aceitar presentes de pacientes, mas não quero ofendê-lo, rejeitando sua tentativa de gratidão. Agradeço-lhe, pego o saco e coloco de lado.

– Tenho pensado mais sobre minhas lembranças, e algumas coisas estão um pouco mais claras para mim – ele começa.

Honestamente, estou cansada demais para isso. Há um máximo de coisas com as quais consigo lidar em um dia. Talvez ele se lembre de tudo que eu disse, incluindo onde os corpos estão, e tudo estará acabado.

– Vamos supor, para fins de argumentação, que se soubesse que outra pessoa cometeu um crime hediondo. Uma pessoa que se quer bem. O que se deve fazer? – ele pausa.

Recosto-me em minha cadeira e o avalio. Devo escolher minhas palavras sabiamente, já que, por um descuido, dei a este homem as ferramentas necessárias para jogar eu e minha irmã na cadeia, e não sei qual a opinião dele.

– Seria obrigação da pessoa denunciar.
– Seria, sim, mas a maioria de nós não faria isso, certo?
– Não faria?
– Não, porque somos programados para proteger e permanecer leais às pessoas que amamos. Além disso, ninguém é inocente neste mundo. Ora, vá até a maternidade! Todos aqueles pais sorridentes e seus recém-nascidos? Assassinos e vítimas. Todos eles. "Os pais e parentes mais amorosos cometem assassinatos com um sorriso no rosto. Eles nos forçam a destruir a pessoa que somos: um tipo sutil de assassinato".

– Isso é muito... – não consigo terminar a frase. As palavras me deixam incomodada.

– É uma citação do Jim Morrison. Não posso reivindicar tamanha sabedoria – ele continua chupando o *agbalumo*. Está quieto, esperando que eu fale.

– Você vai contar a alguém sobre... isso?

– Duvido que as palavras de um paciente em coma tenham muita credibilidade lá fora – ele sinaliza com o polegar para a porta que nos separa do mundo exterior.

Nenhum de nós diz nada. Foco em acalmar meu ritmo cardíaco. Sem permissão, lágrimas escorrem pelo meu rosto. Muhtar continua quieto. Ele me dá tempo para apreciar o fato de que alguém sabe com o que estou lidando, que alguém está ao meu lado.

– Muhtar, você sabe o bastante para nos jogar na cadeia para sempre. Por que você vai guardar este segredo? – pergunto, secando meu rosto.

Ele chupa outro *agbalumo* e contrai-se com a acidez do sabor.

– Sua irmã, eu não conheço. Suas colegas dizem que ela é muito bonita, mas eu não a vi e, então, não me importo com ela. Você, eu conheço – ele aponta para mim –, com você eu me importo.

– Você não me conhece.

– Conheço você. Acordei por sua causa, sua voz me chamando, ainda a escuto em meus sonhos...

Ele está cada vez mais poético. Parece que estou em outro sonho.

– Estou com medo – digo, no menor dos sussurros.

– Do quê?

– O cara com quem ela está agora... ela pode...

– Então, salve-o.

PAI

O dia antes do dia em que tudo acabou era um domingo. O sol estava impiedoso.

Todos os aparelhos de ar-condicionado da casa estavam no mínimo, mas eu ainda sentia o calor do lado de fora. Suor estava se acumulando em gotas na minha testa. Sentei-me debaixo de um dos aparelhos de ar-condicionado na sala de estar do andar de cima, sem intenção de me mexer. Isso é, até Ayoola subir as escadas e me encontrar.

– Papai tem um convidado!

Fomos até a sacada espionar o homem. O *agbádá* que ele estava vestindo ficava escorregando pelos braços, então ele estava constantemente puxando-o de volta. Era de um azul forte, e tão grande que era quase impossível dizer se havia um homem magro ou um homem gordo dentro dos metros de tecido. Ayoola o imitou empurrando as próprias mangas para cima e nós rimos. Não tínhamos medo de nosso pai quando ele tinha convidados – ele sempre se comportava muito bem. Podíamos rir e brincar quase sem medo de retribuição. O convidado olhou para nós e sorriu. Seu rosto estará eternamente gravado em minha mente – era um quadrado, preto, muito mais escuro do que eu, com dentes tão brancos que ele devia manter o dentista na discagem rápida. Imaginei-o ficando com *shaki* preso entre os molares de trás e imediatamente exigindo ser levado para cirurgia ortodôntica. O pensamento me fez rir e o compartilhei com Ayoola, que riu alto. Chamou a atenção do meu pai.

– Korede, Ayoola, venham recepcionar meu convidado.

Marchamos obedientemente. O hóspede já estava sentado e minha mãe lhe oferecia iguaria após iguaria. Ele era importante. Nós nos ajoelhamos, como era habitual, mas ele sinalizou que devíamos levantar.

– Não sou tão velho assim, o! – exclamou. Ele e papai riram, embora não pudéssemos ver a graça. Meus pés estavam quentes e coçando, e eu queria voltar para o frio do ar-condicionado. Fiquei passando de um pé para o outro, esperando que meu pai nos dispensasse para que os homens pudessem falar de negócios, mas Ayoola estava paralisada pela bengala do visitante. Era cravejada de cima a baixo com diferentes contas coloridas. O brilho chamou sua atenção e ela se aproximou para examiná-la.

O homem pausou e observou minha irmã por cima da xícara de chá. Vendo-a de perto, ele sorriu – mas não era o mesmo sorriso que ele havia nos oferecido antes.

– Sua filha é muito bonita.

– É mesmo – papai respondeu, inclinando a cabeça.

– Muito, muito linda.

Ele umedeceu seus lábios. Agarrei a mão de Ayoola e puxei-a alguns passos para trás. O homem parecia um chefe e quando íamos à aldeia para o Natal, nossos avós sempre nos mantinham longe dos chefes. Aparentemente, se um chefe visse uma garota de quem gostasse, ele ia até ela e a tocava com sua bengala de joias, e ela se tornava sua noiva, não importando quantas esposas o homem já tivesse; não importando se a menina em questão queria ou não ser sua esposa.

– Ei! O que você está fazendo? – Ayoola reclamou. Mandei-a ficar quieta. Meu pai me lançou um olhar sombrio, mas não disse nada. A maneira como o visitante a olhava despertou um medo instintivo dentro de mim. O rosto do visitante estava úmido de suor, mas, mesmo enquanto limpava a testa com o lenço, seus olhos não saíam de Ayoola. Esperei que papai colocasse o homem em seu lugar. Em vez disso, papai recostou-se e acariciou a barba que ele se esforçava muito para manter. Ele olhou para Ayoola, como se a visse pela primeira vez. Ele era o único homem que nunca se referia às características impressionantes de Ayoola. Ele nos tratava exatamente do mesmo jeito. Era um mistério se ele estava ou não ciente de como ela era linda.

Ayoola ficou desconfortável sob o olhar dele. Ele raramente olhava para nós de perto e quando o fazia, nunca terminava bem. Ela parou de resistir ao meu aperto e me permitiu puxá-la para mim. Papai redirecionou o olhar para o chefe. Seus olhos brilhavam.

– Meninas, deixem-nos.

Não esperamos que ele dissesse de novo. Corremos para fora da sala de estar e fechamos a porta ao sair. Ayoola começou a subir as escadas, mas coloquei a orelha contra a porta.

– O que você está fazendo? – ela disse, alarmada. – Se ele nos pegar...

– Shhhh – peguei palavras que atravessavam a porta, palavras como "contrato", "acordo", "menina". As portas eram de carvalho grosso, então não consegui ouvir muito mais. Juntei-me a Ayoola na escada e fomos para meu quarto.

Quando o sol se pôs, estávamos na varanda, observando o homem entrar no banco de trás de seu Mercedes e sair de nosso condomínio. O medo que estava preso em minha garganta recuou e, por um longo tempo, esqueci o incidente com o chefe.

FAMÍLIA

Muhtar e eu estamos conversando sobre como a comida aqui é sem graça e os lençóis de cama são grossos, e ele me conta relatos absurdos de seus antigos alunos.

Alguém bate na porta e Mohammed entra no quarto, interrompendo-nos. Ele murmura uma saudação para mim, depois acena para Muhtar, cumprimentando-o em Hausa, ao que Muhtar responde entusiasticamente. Eu não tinha percebido que eles haviam se conhecido. E nunca vi Mohammed sorrir assim... abertamente, para alguém além das enfermeiras que brigam por ele. A torrente de Hausa me relega para a posição de outro e, cinco minutos depois, decido ir embora; mas antes que tenha a chance de anunciar minhas intenções, há outra batida na porta.

Um dos filhos de Muhtar entra, seguido por uma garota de rosto jovem. Não sei os nomes dos filhos dele – não parecia importante. Mas vejo que este é o mais velho, ele é mais alto e tem a barba cheia. Ele é magro como o pai; todos são como gravetos ao vento. Seus olhos param em mim. Ele provavelmente está se perguntando o que uma enfermeira está fazendo, confortavelmente ao lado de seu pai, traçando a borda de um copo vazio com o dedo.

Mohammed esvazia a lixeira e sai do quarto. Levanto-me.

– Bom dia, pai.

– Bom dia... Korede, você está saindo?

– Você tem um visitante – indico o filho.

Muhtar bufa e acena com a mão.

– Sani, esta é Korede, a dona da voz em meus sonhos. Tenho certeza que você não se importa que ela fique.

O filho franze a testa, descontente. Vendo mais de perto, ele não se parece tanto com o pai quanto eu pensava. Os olhos são pequenos, mas largos, de modo que ele parece permanentemente surpreso. Ele dá um aceno rígido e sento de volta.

– Pai, esta é Miriam, a mulher com quem quero casar – ele anuncia. Miriam se abaixa em um *tsugunnawa* em respeito ao homem que ela espera que será seu sogro.

Muhtar estreita os olhos.

– O que aconteceu com a última que você trouxe para me apresentar?

O filho suspira. É um suspiro longo e dramático.

– Não deu certo, pai. Você ficou desacordado por tanto tempo... – eu deveria ter saído quando tive a chance.

– Não entendo o que isso quer dizer. Eu já não tinha conhecido os pais dela?

Miriam ainda está ajoelhada, a palma da mão direita segurando a esquerda. Os dois homens parecem ter esquecido que ela ainda está aqui. Se esta é a primeira vez que ela soube de outra mulher, ela não parece perceber. Ela me encara, os olhos vazios. Ela me lembra Bunmi. Seu rosto é redondo e ela é toda curvas e carne macia. Sua pele é ainda mais escura do que a minha – ela chega perto da cor preta que rotula a todos nós. Pergunto-me quantos anos ela tem.

– Mudei de ideia sobre ela, pai.

– E o dinheiro que já foi gasto?

– É só dinheiro. Minha felicidade não é mais importante?

– Foi esse absurdo que você tentou passar enquanto eu estava doente?

– Pai, quero começar as preparações, e preciso que você...

– Sani, se você acha que vai receber um centavo sequer de mim, você é ainda mais tolo do que eu pensava. Miriam, seu nome é Miriam, *abi*? Levante-se. Sinto muito, mas não aprovarei este casamento – Miriam levanta, tropeçando, e vai ficar ao lado do namorado/noivo.

Sani me olha com uma expressão feia, como se eu fosse de alguma forma culpada pelo rumo dos acontecimentos. Encontro seu olhar com uma expressão de indiferença. Um homem como ele nunca conseguiria me perturbar. Mas Muhtar percebe os olhares.

– Olhe para mim, Sani, não para Korede.
– Por que ela está aqui? Isso é uma questão familiar.

A verdade é que estou me perguntando a mesma coisa. Por que Muhtar me quer aqui? Nós dois olhamos para ele, esperando a resposta, mas ele parece não ter pressa em fornecer uma.

– Já disse tudo que pretendo dizer sobre este assunto.

Sani agarra as mãos de Miriam e vira-se, arrastando-a para fora do quarto com ele. Muhtar fecha os olhos.

– Por que você quis que eu ficasse aqui? – pergunto.
– Pela sua força – ele responde.

CARNEIRO

Depois que canso de virar de um lado para o outro, decido ir ao quarto de Ayoola. Quando éramos jovens, muitas vezes dormíamos juntas, e isso sempre acalmava as duas. Juntas, estávamos seguras.

Ela está vestindo uma longa camiseta de algodão e abraçando um urso de pelúcia marrom. Seus joelhos estão dobrados na direção do estômago e ela não se move quando entro na cama ao lado dela. Isso não é surpresa. Ayoola só acorda quando seu corpo se cansa de dormir. Ela não sonha, ela não ronca. Ela entra em um coma que nem pessoas como Muhtar conseguem entender.

Eu a invejo por isso. Meu corpo está exausto, mas minha mente está fazendo hora extra, lembrando e planejando e questionando. Sou mais assombrada por suas ações do que ela. Podemos ter escapado da punição, mas nossas mãos não estão menos sujas de sangue. Deitamos em nossas camas, com relativo conforto, enquanto o corpo de Femi está sucumbindo à água e aos peixes. Estou tentada a acordar Ayoola, mas que bem faria? Mesmo que conseguisse despertá-la, ela me diria que tudo ficará bem e prontamente voltaria a dormir.

Em vez disso, conto carneirinhos, patos, galinhas, vacas, cabras, ratos e cadáveres. Conto até esquecer.

PAI

Ayoola recebeu um convidado. Eram as férias de verão e ele veio na esperança de torná-la sua namorada antes da volta às aulas. Acho que seu nome era Ola. Lembro-me de que ele era desengonçado, com uma marca de nascença que descoloria metade de seu rosto. Lembro que ele não conseguia tirar os olhos de Ayoola.

Papai o recebeu bem. Ofereceu-lhe bebidas e lanches. Ele foi persuadido a falar de si mesmo. Até viu a faca. No que diz respeito a Ola, nosso pai foi um anfitrião generoso e atencioso. Até mamãe e Ayoola foram enganadas pela performance – ambas estavam sorrindo. Mas eu estava na ponta do meu assento, as unhas cravadas no estofamento.

Ola era inteligente demais para dizer ao pai da garota que ele queria namorar que estava interessado nela, mas dava para ver na maneira como ele ficava olhando para Ayoola, como ele inclinava o corpo na direção dela, como ele dizia o nome dela constantemente.

– Este menino tem lábia, o! – papai anunciou rindo, depois de Ola fazer um comentário bem-intencionado sobre ajudar moradores de rua a encontrar empregos. – Tenho certeza que você faz sucesso com as mulheres.

– Sim, senhor. Não, senhor – ele gaguejou, pego de surpresa.

– Você gosta das minhas filhas, ahn? Elas são lindas, ahn? – Ola ficou vermelho. Seus olhos encontraram Ayoola novamente. A mandíbula de papai ficou dura. Olhei ao redor, mas as outras duas não tinham notado. Lembro de ter desejado que tivesse ensinado a Ayoola algum código. Tossi.

– *Pélè* – mamãe me disse, em sua voz calma. Tossi novamente. – Vá tomar água – tossi mais uma vez. Nada.

– Ayoola, venha comigo – fiz com a boca, os olhos arregalados.

– Não, obrigada.

– Venha comigo – disse, ríspida. Ela cruzou os braços e olhou para Ola. Ela estava gostando demais da atenção dele para prestar atenção em mim. Papai virou a cabeça para mim e sorriu. Então segui seus olhos até a bengala.

A bengala ficava vinte centímetros acima da TV, em uma prateleira feita especialmente para ela. E lá ficava o dia todo, todo dia. Meus olhos sempre eram atraídos por ela. Para os desavisados, provavelmente parecia uma obra de arte – uma referência à história e à cultura. Era grossa, lisa, e marcada com entalhes intrincados.

A visita passou devagar até papai decidir que estava terminada, levando Ola até a porta, dizendo para ele voltar sempre e desejando boa sorte. Então, atravessou a sala de estar silenciosa e pegou a bengala.

– Ayoola, venha cá – ela olhou para cima, viu a bengala e tremeu. Mamãe tremeu. Eu tremi. – Você está surda? Eu disse venha cá!

– Mas eu não pedi que ele viesse – ela choramingou, compreendendo imediatamente qual era o problema. – Eu não o convidei.

– Por favor, papai, por favor – sussurrei. Eu já estava chorando. – Por favor.

– Ayoola – ela deu um passo para frente. Tinha começado a chorar também. – Tire a roupa.

Ela removeu o vestido, botão por botão. Ela não se apressou, se atrapalhou, chorou. Mas ele era paciente.

– *Nítorí Ọlọ́run*, Kehinde, por favor. *Nítorí Ọlọ́run* – por Deus, mamãe implorou. Por Deus. O vestido de Ayoola amontoou-se em seus pés. Ela estava usando um top branco e calcinhas brancas de algodão. Mesmo sendo mais velha, eu ainda não precisava usar sutiã. Mamãe estava agarrada à camisa dele, mas ele a afastou. Ela nunca conseguiu pará-lo.

Avancei corajosamente e peguei a mão de Ayoola. A experiência já havia me mostrado que se você estivesse ao alcance da bengala, ela não distinguiria entre vítima e observador, mas senti que Ayoola não sobreviveria a este confronto sem mim.

– Então estou te mandando para a escola para ficar trepando, *abi*? Você escuta o som da bengala antes de senti-la. Ela chicoteia o ar. Ayoola gritou e fechei os olhos.

— Estou pagando todo aquele dinheiro para você ser uma prostituta?! Responda, *na*!

— Não, senhor — não o chamávamos de papai. Nunca tínhamos chamado. Ele não era papai, ao menos não no sentido que a palavra "papai" denota. Quase não era possível considerá-lo um pai. Ele era a lei em nossa casa.

— Você acha que pode tudo, *abi*? Vou te ensinar quem pode tudo! — e bateu nela de novo. Desta vez, a bengala encostou em mim também. Prendi a respiração.

— Você acha que este menino se importa com você? Ele só quer o que você tem no meio das pernas. Quando tiver conseguido, vai passar para a próxima.

A dor afia seus sentidos. Ainda consigo escutar minha respiração pesada. Ele não era um homem atlético. Ficava cansado rapidamente quando nos batia, mas tinha uma forte determinação, e um desejo ainda mais forte de nos disciplinar. Ainda consigo sentir o cheiro do nosso medo — ácido, metálico, mais nítido até do que cheiro de vômito.

Ele continuou com seu sermão enquanto empunhava a arma. A pele de Ayoola era clara o suficiente para que fosse possível ver que estava ficando vermelha. Como eu não era o alvo, a bengala me pegava ocasionalmente no ombro e na orelha, ou na lateral do rosto, mas mesmo assim a dor era difícil de suportar. Senti a força de Ayoola apertando minha mão diminuindo. Seus gritos se transformaram em um gemido baixo. Eu precisava dizer algo.

— Se você bater mais nela, vão ficar cicatrizes e as pessoas vão fazer perguntas!

A mão dele parou. Se havia uma coisa no mundo com que ele realmente se importava, era sua reputação. Ele pareceu momentaneamente inseguro sobre o que fazer a seguir, mas depois limpou o suor da testa e devolveu a bengala a seu local de descanso. Ayoola afundou no chão ao meu lado.

Não muito tempo depois, quando estávamos de volta às aulas, Ola me abordou durante o intervalo para falar do que tinha achado de meu pai.

– Seu pai é muito legal – ele disse. – Queria que meu pai fosse que nem ele.

Ayoola nunca mais falou com Ola.

ESPOSA

– Se você não gostar desses sapatos, tenho mais em estoque. Posso mandar fotos para vocês – Bunmi e eu olhamos para a avalanche de sapatos que Chichi havia jogado no chão atrás do balcão da enfermaria. Seu turno acabara há pelo menos trinta minutos. Ela mudou de roupa e, aparentemente, de profissão também: passou de enfermeira para vendedora. Ela se inclina, procurando entre os sapatos no chão para encontrar aqueles que simplesmente *temos* que comprar. Ela se inclina tanto que vemos a bunda aparecendo por cima dos jeans. Desvio o olhar.

Eu estava cuidando da minha própria vida, agendando um paciente, quando ela enfiou um par de sapatos de salto pretos debaixo do meu nariz. Eu a mandei sair, mas ela insistiu para que eu examinasse sua mercadoria. O problema é que todos os sapatos que ela está vendendo parecem baratos; o tipo que se destrói depois de um mês. Ela nem se deu ao trabalho de poli-los e agora eles estão jogados no chão. Forço um sorriso.

– Sabe, ainda não pagaram nosso salário...

– E eu acabei de comprar uns sapatos novos... – Bunmi adiciona.

Chichi endireita as costas e nos mostra um par com salto de diamantes.

– Não é possível ter sapatos demais. Meus preços são muito razoáveis.

Ela está prestes a se lançar em um discurso de vendas sobre um par com saltos de vinte centímetros quando Yinka corre em nossa direção e bate as palmas das mãos no balcão. Ela pode não ser minha pessoa favorita no mundo, mas agradeço a interrupção.

– Tá rolando um drama no quarto do cara em coma, o!

– Drama, *ke?* – Chichi esquece os sapatos e descansa o cotovelo em meu ombro, inclinando-se para frente. Resisto ao impulso de afastar o braço dela.

– Eh, estava indo ver meu paciente e escutei gritos vindo do quarto.
– Ele estava gritando? – perguntei.
– A esposa estava gritando o. Parei para... assegurar que ele estava bem... e a escutei o chamando de diabo. Que ele não pode levar o dinheiro para o túmulo com ele.
– Huh! Odeio homem mão-de-vaca – Chichi estala os dedos repetidamente sobre a cabeça, afastando qualquer homem mão-de-vaca que pudesse querer se aproximar dela. Abro minha boca para defender Muhtar, para dizer a elas que ele não tem um osso mesquinho em seu corpo, que é generoso e gentil; mas olho para os olhos opacos de Bunmi, os olhos sedentos de Chichi e as pupilas escuras de Yinka, e sei que minhas palavras seriam intencionalmente mal interpretadas. Em vez disso, movo-me rapidamente e Chichi cai.
– Aonde você está indo?
– Não podemos permitir que nossos pacientes sejam assediados por amigos ou familiares. Enquanto estiverem aqui, estão sob nossos cuidados – respondo.
– Coloque isso em um adesivo – grita Yinka. Finjo que não a ouvi e dou dois passos de cada vez. Há trinta quartos no terceiro andar: 301 a 331. Ouço os gritos assim que entro no corredor. Há a voz anasalada da esposa e a voz de um homem também. É queixosa e persuasiva, então sei que não é Muhtar.
Bato na porta e as vozes param.
– Entre – Muhtar responde, cansado. Abro a porta e o encontro de pé ao lado da cama, vestindo um *jalabia* cinza. Ele está segurando um dos corrimãos e vejo que ele está meio inclinado. A tensão em seu corpo aparece em seu rosto. Ele parece mais velho que da última vez que o vi.
Sua esposa está enrolada em um *mayafi* de renda vermelha. Cobre os cabelos e cai sobre o ombro direito. Seu vestido é feito do mesmo material. Sua pele brilha, mas a carranca no rosto é como um animal. O irmão de Muhtar, Abdul, está ao lado dela com os

olhos baixos. Suponho que ele é o dono da voz queixosa.
– Sim? – a esposa diz rispidamente.
Eu a ignoro.
– Muhtar?
– Estou bem – ele assegura.
– Quer que eu fique?
– Como assim "que que eu fique"? Você é só uma enfermeira, saia daqui! – a voz dela é como unhas em um quadro negro. – Você me ouviu? – ela guincha.
Vou até Muhtar e lhe ofereço um sorriso amigável.
– Acho que você deveria sentar – digo, gentilmente. Ele solta o corrimão e o ajudo a sentar na cadeira que estava mais próxima. Coloco um cobertor em seu colo. – Você quer que eles fiquem? – sussurro.
– O que você está dizendo para ele? – a esposa gagueja atrás de mim. – Ela é uma bruxa! Ela usou vodu para inutilizar meu marido! É por causa dela que ele não está fazendo sentido. Abdul, faça alguma coisa. Mande-a embora! – ela aponta para mim. – Vou denunciá-la. Não sei que tipo de magia negra você está usando...
Muhtar balança a cabeça e é só disso que preciso. Endireito a coluna e viro para encará-la.
– Madame, por favor, saia, ou terei que chamar os seguranças para a acompanharem.
Vejo seu lábio inferior tremer e o olho contrair-se.
– Com quem você acha que está falando? Abdul!
Viro-me para Abdul, mas ele não levanta os olhos para encontrar os meus. Ele é mais jovem do que Muhtar e talvez seja ainda mais alto, mas é difícil dizer, porque ele abaixou tanto a cabeça que ela ameaça cair do pescoço. Ele esfrega o braço dela, em uma tentativa de acalmá-la, mas ela dá de ombros. Para ser sincera, eu também o desconsideraria. O terno que ele está usando é caro, mas o ajuste é ruim. É muito largo nos ombros e frouxo no peito. Poderia facilmente pertencer a outra pessoa – assim como a mulher cujo

braço ele esfrega pertence a outra pessoa.

Olho para ela novamente. Ela pode ter sido linda outrora. Talvez da primeira vez em que Muhtar olhou para ela.

– Não quero ser rude – digo, – mas o bem-estar do meu paciente é minha prioridade e não permitimos que ninguém prejudique isso.

– Quem você acha que é?! Você acha que vai conseguir dinheiro dele? *Abi*, ele já te deu dinheiro? Muhtar, você está aí agindo como se fosse perfeito, e agora está atrás de uma enfermeira. Olha bem! Nem escolheu uma bonita!

– Saia! – a ordem vem de Muhtar e assusta a todos. Há uma autoridade em sua voz que eu nunca tinha ouvido antes. Abdul levanta a cabeça e rapidamente abaixa novamente. A esposa olha para nós dois antes de dar meia-volta e marchar porta afora, com Abdul seguindo fracamente. Arrasto uma cadeira e sento ao lado de Muhtar. Seus olhos estão pesados. Ele dá um tapinha em minha mão. – Obrigado.

– Foi você que os fez sair.

Ele suspira.

– Aparentemente, o pai de Miriam quer concorrer ao governo do estado de Kano.

– Então ela quer que você aprove a união.

– Sim.

– E você vai?

– Você aprovaria? – penso em Tade, com o anel na mão, os olhos em mim, esperando minha bênção.

– Eles estão apaixonados?

– Quem?

– Miriam e... seu filho.

– Amor. Que conceito original – e fecha os olhos.

NOITE

Tade olha para mim, mas seus olhos estão vazios. Seu rosto está inchado, distorcido. Ele estende a mão para me tocar e ela está fria.

– Você fez isso.

QUEBRADA

Entro sorrateiramente no consultório de Tade e vasculho as gavetas da escrivaninha para pegar a caixa do anel. Tade levou um paciente para a radiologia, então sei que estou sozinha. O anel é tão encantador quanto me lembrava. Estou tentada a colocá-lo em meu dedo. Em vez disso, agarro-o com força, ajoelho-me no chão e bato o diamante contra os ladrilhos. Uso toda a força que tenho no corpo e bato novamente. Acho que é verdade que os diamantes são para sempre – ele aguenta todas as minhas tentativas de quebrá-lo, mas o resto do anel não é tão forte. Logo ele está em pedaços no chão. O diamante parece menor e menos impressionante sem o resto.

Ocorre-me que se eu quebrar apenas o anel, Tade vai suspeitar de mim. Deslizo o diamante para dentro do meu bolso. Afinal, nenhum ladrão que se preze o deixaria para trás. Além disso, tudo isso seria uma perda de tempo colossal se Tade simplesmente comprasse outro anel. Vou até o armário de remédios.

Vinte minutos depois, Tade se aproxima da recepção. Seguro minha respiração. Ele olha para mim e, em seguida, rapidamente olha para longe, dirigindo-se a Yinka e Bunmi.

– Alguém virou o meu consultório de cabeça para baixo e destruiu o... algumas das minhas coisas.

– O quê?! – exclamamos em uníssono.

– Você está falando sério? – diz Yinka, apesar de estar claro pela expressão de Tade que alguma coisa não está certa.

Nós o seguimos até o consultório e ele abre a porta. Tento vê-lo com os olhos de uma testemunha objetiva. Parece que alguém estava procurando por algo e depois perdeu o controle. As gavetas estão todas abertas e a maior parte do conteúdo está espalhada no chão. O armário de remédios está entreaberto, as garrafas de comprimidos estão em desordem e há arquivos espalhados por toda a mesa. Quando saí, o anel quebrado estava no chão, mas não está mais.

– Isso é horrível – digo.

– Quem faria uma coisa dessas? – pergunta Bunmi, franzindo a testa.

Yinka aperta os lábios e bate as mãos.

– Eu vi Mohammed entrar para limpar mais cedo – revela, e eu esfrego as mãos em minhas coxas.

– Não acho que Mohammed faria... – começa Tade.

– Quando você saiu, seu consultório estava normal, né? – diz Yinka, a detetive amadora.

– Sim.

– E você foi fazer a radiografia e o eletrocardiograma com um paciente. Por quanto tempo você ficou fora?

– Uns 40 minutos.

– Bom, eu *vi* Mohammed entrar em seu consultório neste intervalo. Digamos que ele tenha passado vinte minutos varrendo o chão e esvaziando a lixeira. Ninguém mais teria tempo de entrar, fazer tudo isso e sair.

– Por que você acha que ele faria isso? – pergunto. Ela não pode enforcá-lo sem um motivo, certo?

– Drogas, é claro – declara Yinka. Ela cruza os braços, satisfeita. É fácil culpar Mohammed. Ele é pobre, não estudou. Ele é um faxineiro.

– Não – é Bunmi que fala, Bunmi que protesta. – Não vou aceitar isto – ela está encarando Yinka e, porque estou ao lado de Yinka, está me encarando também. Ou ela suspeita de algo? – Este homem trabalha aqui há mais tempo do que vocês duas e nunca houve nenhum problema. Ele não faria isso – nunca tinha ouvido Bunmi falar com tanta convicção, nem por tanto tempo. Todos olhamos para ela.

– Viciados conseguem esconder seus vícios por muito tempo – Yinka argumenta, finalmente. – Ele provavelmente estava em abstinência ou algo assim. Quando essas pessoas precisam de uma dose... Vai saber há quanto tempo ele rouba drogas sem ninguém ter percebido.

Yinka está contente com sua conclusão e Tade está imerso em pensamentos. Bunmi vai embora. Eu fiz a coisa certa... certo? Dei a Tade mais tempo para pensar sobre as coisas. Quero me voluntariar para limpar, mas sei que devo manter distância.

Mohammed nega veementemente as acusações, mas é demitido de qualquer maneira. Vejo que Tade não fica bem com esta decisão, mas as evidências, ou a falta de provas, não estão a favor de Mohammed. Me preocupa que Tade não mencione o anel quebrado para mim. Na verdade, ele não me procurou para nada.
– Ei – digo uns dias depois, parada na porta de seu consultório.
– E aí? – ele não me olha, continua escrevendo.
– Eu... Eu só queria ver se está tudo bem com você.
– Sim, está tudo ok.
– Não queria falar na frente das outras... mas espero que o anel não tenha sido roubado...
Ele para de escrever e larga a caneta. Olha para mim pela primeira vez.
– Na verdade, Korede, foi.
Estou prestes a fingir choque e lamentar, quando ele continua.
– Mas o engraçado é que os dois frascos de diazepam no armário não foram. Tinha remédio por todos os lados, mas o anel foi a *única* coisa que foi roubada. Um comportamento curioso para um viciado em drogas.
Ele mantém contato visual. Recuso-me a piscar ou desviar o olhar. Sinto meus olhos secando.
– Muito curioso – digo.
Nos encaramos por mais um tempo, e ele suspira e esfrega o rosto.
– Ok – ele diz, quase para si. – Ok. Mais alguma coisa?
– Não... não. Nada mesmo.

À noite, jogo o diamante no lago da Terceira Ponte Continental.

TELEFONE

Descobri que a melhor maneira de distrair a mente é maratonar séries de TV. As horas passam e fico deitada em minha cama, enchendo a boca de amendoim e olhando para a tela do laptop. Digito o endereço para o blog do Femi, mas meus esforços encontram um 404. Seu blog foi removido. Ele não existe mais para o mundo on-line; ele não pode mais existir para mim. Ele está além do meu alcance agora na morte, como ele teria sido na vida.

Meu telefone vibra e considero ignorá-lo, mas me estico e o arrasto até mim.

É Ayoola.

Meu coração para.

– Alô?

– Korede.

N° 2: PETER

– Korede, ele está morto.
– O quê?
– Ele está...
– Que diabos? O que você está dizendo? Ele está... Você... Você...
Ela começa a chorar.
– Por favor. Por favor. Me ajude.

ACIMA DE TUDO

Esta é a primeira vez que entrarei na casa de Tade. Imaginei esse momento de várias maneiras diferentes, mas nunca assim. Bato na porta e depois bato de novo, sem me importar com quem ouve ou vê contanto que a porta seja aberta a tempo.

Ouço o clique da porta e dou um passo para trás. Tade está lá, suor escorrendo pelo rosto e pescoço, apesar da explosão de ar condicionado que me atinge. Passo por ele e olho em volta. Vejo a sala de estar, a cozinha, escadas. Não vejo Ayoola.

– Onde ela está?

– Lá em cima – ele sussurra. Subo as escadas correndo, chamando por Ayoola, mas ela não responde. Ela não pode estar morta. Não pode. A vida sem ela... E se ela se foi, a culpa é minha por dizer mais do que deveria. Eu sabia que só poderia ser assim: para salvá-lo, precisaria sacrificá-la.

– Vire à esquerda – ele diz, perto de mim. Abro a porta. Minha mão está tremendo. Estou no quarto dele; a cama *king size* ocupa um terço do cômodo, e do outro lado dela, ouço um gemido baixo. Corro até ela.

Por um momento fico paralisada. Ela está caída no chão, da mesma forma que Femi estava, pressionando a mão à lateral de seu corpo. Vejo o sangue escorrendo por seus dedos, mas a faca, sua faca, ainda está nela. Ela olha para mim e me dá um sorriso fraco.

– Que irônico – diz. Corro para socorrê-la.

– Ela... ela... tentou me matar.

Eu o ignoro e uso a tesoura do meu kit de primeiros socorros para cortar a metade inferior da minha camisa. Peguei o kit do armário de remédios enquanto saía de casa depois da ligação de Ayoola. Queria chamar uma ambulância, mas não podia arriscar que Tade falasse com ninguém até que eu chegasse.

– Eu não tirei a faca – ela me diz.

– Boa garota.
Uso minha jaqueta como travesseiro e a ajudo a se deitar. Ela geme de novo e parece que alguém está apertando meu coração. Pego as luvas sem látex do kit e coloco-as.
– Eu não queria machucá-la.
– Ayoola, me conte o que aconteceu – não quero realmente saber o que houve, mas preciso mantê-la falando.
– Ele... ele... ele me bateu – ela começa enquanto corto seu vestido.
– Eu não bati nela! – exclama Tade, o primeiro homem a se defender das acusações de Ayoola.
– ... e eu tentei pará-lo e ele me esfaqueou.
– Ela me atacou com a faca! Do nada! Merda!
– Cala a boca – digo. – Não é você que está deitado no chão sangrando, certo?
Faço um curativo com a faca ainda nela. Se eu tirasse, arriscaria cortar uma artéria ou órgão. Pego meu telefone e ligo para a recepção do hospital. Chichi atende, e silenciosamente agradeço a Deus por Yinka não estar trabalhando no turno noturno esta semana. Explico a ela que irei com minha irmã que foi esfaqueada e peço que chame o Dr. Akigbe.
– Vou carregá-la – diz Tade. Não quero que ele a toque, mas ele é mais forte que eu.
– Ok.
Ele a levanta e a leva escada abaixo, para a saída da garagem. Ela descansa a cabeça contra o peito dele como se eles ainda fossem amantes. Talvez ela ainda não entenda a gravidade do que aconteceu aqui.
Abro a porta do meu carro e ele a coloca no banco traseiro. Pulo para o banco do motorista. Ele me diz que vai nos seguir em seu carro e, já que não posso fazer nada para impedi-lo, assinto. São 4 da manhã, então o trânsito é escasso e não há policiais à vista. Aproveito isso ao máximo, dirigindo a 130 km/h em vias de sentido único. Chegamos ao hospital em 20 minutos.

Chichi e uma equipe de emergência nos encontram na entrada.
– O que houve? – Chichi pergunta, enquanto dois assistentes deslizam minha irmãzinha para uma maca. Ela está inconsciente.
– O que *aconteceu*? – ela insiste.
– Ela levou uma facada.
– De quem?
Dr. Akigbe se materializa quando estamos na metade do corredor. Ele checa o pulso de Ayoola e depois dá ordens para as enfermeiras. Enquanto minha irmã é levada, ele nos encaminha a uma sala ao lado.
– Podemos entrar com ela?
– Korede, você terá que esperar aqui fora.
– Mas...
– Você sabe as regras. E você fez tudo que podia até o momento. Você pediu por mim, então confie em mim.
Ele se apressa para fora da sala e para dentro do centro cirúrgico, enquanto Tade chega correndo, sem fôlego.
– Ela já entrou?
Não respondo. Ele tenta me tocar. "Não". Ele abaixa a mão.
– Você sabe que não foi minha intenção fazer isso, certo? Nós dois estávamos brigando pela faca e... – Viro as costas para ele e vou até o bebedouro. Ele me segue. – Você mesma disse que ela é perigosa – fico quieta. Não há mais nada a dizer. – Você contou a alguém o que aconteceu? – ele pergunta em voz baixa.
– Não – digo, servindo um copo de água. Fico surpresa com a firmeza da minha mão. – E você também não vai.
– O quê?
– Se você disser qualquer coisa sobre isso, direi a todos que você a atacou. E em quem você acha que acreditarão? Em você ou Ayoola?
– Você *sabe* que sou inocente. Você sabe que eu estava me defendendo.
– Sei que cheguei lá e minha irmã tinha uma faca enfiada no corpo. É só o que eu sei.

– Ela tentou me matar! Você não pode... – Ele pisca, como se estivesse me vendo pela primeira vez. – Você é pior que ela.
– Oi?
– Tem algo errado com ela... mas você? Qual é a sua desculpa? – ele se afasta, enojado.

Sento no corredor fora do centro cirúrgico e espero por notícias.

FERIDA

Dr. Akigbe sai do centro cirúrgico e sorri. Respiro.
– Posso vê-la?
– Ela está dormindo. Vamos levá-la para um quarto lá em cima. Depois que ela estiver instalada, você pode visitar.

Eles colocam Ayoola no quarto 315, a duas portas de Muhtar, que nunca viu minha irmã, mas sabe mais sobre ela do que eu tinha a intenção que soubesse.

Ela parece inocente, vulnerável. O peito sobe e desce suavemente. Alguém colocou os dreadlocks cuidadosamente ao seu lado na cama.

– Quem fez isso com ela? – é Yinka. Ela parece chateada.
– Só estou feliz que ela esteja bem.
– Seja quem for que fez isso, merece morrer! – o rosto dela está contorcido em uma mistura de fúria e desprezo. – Se não fosse por você, ela provavelmente teria morrido!
– Eu... Eu...
– Ayoola! – minha mãe entra, o coração na boca. – Meu bebê! – ela se inclina sobre a cama e coloca a bochecha perto da boca de sua filha inconsciente, para sentir sua respiração, como costumava fazer às vezes quando Ayoola ainda era bebê. Quando ela levanta, está chorando. Ela se joga em cima de mim, e coloco meus braços ao seu redor. Yinka se retira.

– Korede, o que aconteceu? Quem fez isso?
– Ela me ligou. Fui pegá-la onde ela estava. A faca estava nela.
– Onde você foi buscá-la?

Ayoola geme e nós duas viramos para olhá-la, mas ela ainda está dormindo e rapidamente volta para a tarefa de inspirar e expirar.

– Tenho certeza que Ayoola poderá nos dizer o que aconteceu quando acordar.
– Mas onde você a encontrou? Por que não me conta? – pergunto-me o que Tade está fazendo, o que ele está pensando e qual

será seu próximo passo. Desejo que Ayoola acorde, para podermos combinar que história contaremos. Qualquer coisa que não seja a verdade.

– Ela estava na casa do Tade... Pelo que entendi, ele a encontrou lá, daquele jeito.

– Tade? O apartamento foi invadido? Será... Será que o *Tade* fez isso?

– Não sei, mamãe – de repente, sinto-me exausta. – Perguntaremos a Ayoola quando ela acordar – mamãe franze o rosto, mas não diz nada. Tudo que podemos fazer é esperar.

MURO

O quarto do hospital está arrumado, basicamente porque passei os últimos 30 minutos o organizando. Os ursos de pelúcia que trouxe de casa estão dispostos ao pé da cama, de acordo com a cor – amarelo, marrom, preto. O telefone de Ayoola está totalmente carregado, então o carregador foi enrolado e colocado em sua bolsa – que tomei a liberdade de também reorganizar. A bolsa estava uma bagunça – tecidos usados, recibos, migalhas de biscoito, notas de Dubai e doces que haviam sido chupados e embrulhados novamente. Pego uma caneta e anoto as coisas que joguei fora, caso ela pergunte.
– Korede?
Paro o que estou fazendo e olho para Ayoola, cujos olhos grandes e radiantes estão focados em mim.
– Ei... Você acordou. Como está se sentindo?
– Péssima.
Levanto e pego um copo de água. Coloco-o perto de seus lábios e ela bebe.
– Melhor?
– Um pouco... Onde está a mamãe?
– Ela foi até em casa para tomar um banho. Vai voltar logo.
Ayoola assente, e fecha os olhos. Dorme de novo em menos de um minuto.
Na próxima vez que Ayoola acorda, está mais alerta. Olha em volta, observando os arredores. Não acho que ela já tenha estado em um quarto de hospital antes. Nunca teve nada pior do que uma gripe e todos perto dela morreram antes de chegarem ao hospital.
– É tão sem graça...
– Quer que alguém faça grafites nas paredes para você, ó toda poderosa?
– Não, não grafite... *Arte* – dou risada e ela ri comigo. Há uma batida na porta, mas antes de dizermos uma palavra, a porta abre.

É a polícia. Uma dupla diferente da que nos interrogou sobre Femi. Um deles é uma mulher. Eles andam diretamente para Ayoola e entro na frente.

– Com licença, posso ajudá-los?
– Ela foi esfaqueada?
– Sim?
– Só queremos fazer algumas perguntas, descobrir quem foi – responde a mulher, olhando por cima do meu ombro enquanto tento expulsá-los.
– Foi Tade – diz Ayoola. Simples assim. *Foi Tade*. Sem pausa ou hesitação. Eles podiam ter perguntado sobre o clima e ela não pareceria mais relaxada. O chão fica instável debaixo de mim e pego uma cadeira para sentar.
– E quem é esse Tade?
– Ele é um médico daqui – minha mãe completa, aparecendo do nada. Ela olha para mim com uma expressão estranha, provavelmente tentando entender por que pareço estar prestes a vomitar. Eu deveria ter falado com Ayoola assim que ela tinha acordado pela primeira vez.
– Você pode nos contar o que aconteceu?
– Ele me pediu em casamento e eu disse que não estava interessada e ele perdeu a cabeça. Me atacou.
– Como foi que sua irmã chegou até você?
– Ele saiu do quarto e liguei para ela – eles olham para mim, mas não perguntam nada, o que é bom, pois duvido que eu teria sido coerente.
– Obrigada, senhora. Voltamos depois.

Eles saem quase correndo, sem dúvida atrás de Tade.

– Ayoola, o que você está fazendo?
– Como assim o que ela está fazendo? Aquele homem esfaqueou sua irmã!

Ayoola concorda fervorosamente, tão indignada quanto nossa mãe.

– Ayoola, me escute. Você vai arruinar a vida dele.

— É ele ou eu, Korede.
— Ayoola...
— Você não pode ficar em cima do muro para sempre.

TELA

Quando vejo a esposa novamente, ela está encostada na parede do corredor. Seus ombros estão tremendo, mas nenhum som escapa de seus lábios. Ninguém lhe disse que é doloroso chorar em silêncio?

Ela sente que não está sozinha; os ombros aquietam e ela olha para cima. Seus olhos se estreitam e os lábios se retorcem em um sorriso de escárnio, mas ela não limpa o ranho que vai do nariz até o lábio. Percebo que estou dando alguns passos para trás. Já percebi que o luto pode ser contagioso e tenho problemas suficientes.

Ela levanta o vestido e passa por mim em um turbilhão de renda e uma baforada de Jimmy Choo L'Eau. Ela tem o cuidado de esbarrar em mim com a ponta afiada do ombro ossudo. Pergunto-me onde estará seu cunhado e por que ele não está ao lado dela. Tento não respirar o cheiro pungente de perfume e tristeza enquanto me dirijo ao quarto 313.

Muhtar está sentado na cama, com o controle remoto apontado para a TV. Ele o abaixa quando me vê e me dá um sorriso caloroso, embora seus olhos estejam cansados.

– Vi sua esposa quando estava entrando.
– Ah é?
– Ela estava chorando.
– Ah.

Espero que ele diga algo mais, mas ele escolhe pegar o controle remoto e continuar passando pelos canais. Ele não parece surpreso ou perturbado com o que eu disse. Ou particularmente interessado. Podia muito bem ter dito que vi uma lagartixa no caminho para o trabalho.

– Você a amou um dia?
– Há muito tempo...
– Talvez ela ainda ame você.
– Ela não está chorando por mim – ele diz, a voz endurecendo. – Está chorando pela juventude que passou, pelas oportunidades que

perdeu, e por suas opções limitadas. Ela não está chorando por mim, está chorando por si mesma.

Ele escolhe um canal – NTA. É como assistir televisão dos anos 90 – o apresentador tem um tom verde-acinzentado e a transmissão chuvisca e salta. Olhamos para a tela, para os ônibus *danfo* passando e os transeuntes esticando os pescoços para ver o que está sendo filmado. Está no mudo, então não tenho ideia do que está acontecendo.

– Fiquei sabendo sobre o que aconteceu com sua irmã.
– As notícias se espalham rápido por aqui.
– Sinto muito.

Sorrio para ele.

– Suponho que era apenas uma questão de tempo.
– Ela tentou machucar alguém novamente.

Não digo nada, mas também, ele não disse isso como uma pergunta. Na TV, a mulher parou para entrevistar um transeunte e os olhos dele vão continuamente dela para a câmera, como se não tivesse certeza de para quem ele deveria se defender.

– Você consegue, sabe.
– Consigo o quê?
– Livrar-se. Contar a verdade.

Sinto seu olhar em mim agora. A TV começou a ficar embaçada. Pisco, pisco de novo e engulo. Nenhuma palavra sai. A verdade. A verdade é que minha irmã se machucou sob meus cuidados, por causa de algo que eu disse, e me arrependo.

Ele sente meu desconforto e muda de assunto.

– Eles vão me liberar amanhã.

Viro para olhar para ele. Ele não podia ficar aqui para sempre. Ele não era uma cadeira ou uma cama ou um estetoscópio; ele era um paciente e os pacientes iam embora – vivos ou mortos. E, no entanto, sinto algo parecido com surpresa, algo semelhante a medo.

– Ah é?
– Não quero perder contato com você – ele diz.

É engraçado, as únicas vezes em que toquei Muhtar foram quando ele estava desacordado ou no portão entre a vida e a morte, quando era necessário mover seu corpo para ele. Agora, ele vira o pescoço de volta para a tela sozinho.

– Talvez você possa me passar seu número para eu te mandar uma WhatsApp?

Não consigo pensar no que dizer. Muhtar existe fora dessas paredes? Quem é ele? Além de um homem que conhece meus segredos mais profundos. E da Ayoola. Ele tem um nariz estranhamente europeu, esse guardião de confidências. É fino e longo. Pergunto-me quais são seus segredos. Mas nem sei quais são seus hobbies, quais são suas correntes, onde ele deitava a cabeça à noite antes de ser levado para o hospital em uma maca.

– Ou posso te dar meu número para você ligar quando precisar conversar.

Assinto. Não sei se ele vê. Seus olhos ainda estão grudados na tela. Decido ir embora. Quando chego na porta, viro.

– Talvez sua mulher ainda ame você.

Ele suspira.

– Não é possível apagar palavras que já foram ditas.

– Que palavras?

– Me divorcio de você. Me divorcio de você. Me divorcio de você.

IRMÃ

Ayoola está deitada em sua cama, inclinando o corpo para mostrar sua ferida no Snapchat. Espero ela terminar, e ela finalmente puxa a camisa de volta sobre os pontos, coloca o telefone de lado e sorri para mim. Mesmo agora, ela parece inocente. Ela está vestindo shorts de algodão e uma camisa branca e está segurando um dos ursos de pelúcia de sua cama.

– Você pode me contar o que aconteceu?

Na mesa de cabeceira há uma caixa aberta de doces, um presente desejando melhoras. Ela pega um pirulito, desembrulha e coloca na boca, chupando pensativamente.

– Entre eu e o Tade?

– É.

Ela chupa um pouco mais.

– Ele disse que você quebrou meu anel. Disse que você estava me acusando de várias coisas e que pensava que talvez você tivesse alguma coisa a ver com o desaparecimento do meu ex...

– O que... O que... você disse?

– Disse que ele estava louco. Mas ele disse que você tinha muita inveja de mim e que tinha algum tipo de... humm... raiva latente... e que talvez... – pausa para causar um efeito dramático – ... talvez você tivesse voltado, depois de irmos embora, sabe, para falar com o Femi...

– Ele pensa que eu matei o Femi?! – agarro o braço de Ayoola, mesmo que não seja culpa dela desta vez. Como ele pode pensar que eu seria capaz disso?

– Estranho, né? Eu nem contei a ele sobre Femi. Só Gboye. Talvez ele tenha visto no Insta. Enfim, parecia que ele queria denunciar ou sei lá... Então eu fiz o que tinha que ser feito – ela dá de ombros. – Ou ao menos tentei.

Ela pega um urso, enfia a cabeça nele e fica quieta.

– E aí?

– Aí quando eu estava no chão, ele estava tipo, ah meu deeeeeus, Korede estava dizendo a verdade. O *que* você contou para ele, K-o-r-e-d-e?

Ela fez isso por mim e acabou machucada porque eu a traí. Estou tonta. Não quero admitir que escolhi o bem-estar de um homem sobre o dela. Não quero confessar que o deixei ficar entre nós, quando ela claramente escolheu a mim e não a ele.

– Eu... contei que você era perigosa.

Ela suspira e pergunta:

– O que você acha que vai acontecer agora?

– Vai haver algum tipo de investigação.

– Será que vão acreditar na história dele?

– Não sei... é a palavra dele contra a sua.

– Contra a nossa, Korede. Contra a *nossa*.

PAI

O povo iorubá tem o costume de chamar gêmeos de Taiwo e Kehinde. Taiwo é o gêmeo mais velho, o que sai primeiro. Kehinde, portanto, é o segundo gêmeo. Mas também, Kehinde é o gêmeo mais velho, porque ele disse a Taiwo: "Saia primeiro e teste o mundo por mim".

É certamente assim que meu pai considerava sua posição como o segundo gêmeo. E titia Taiwo concordava – ela fazia tudo o que ele dizia e confiava cegamente em tudo o que ele fazia. E é por isso – fazendo o que lhe foi dito, sem dúvidas – que ela se encontrava em casa conosco na segunda-feira antes de nosso pai morrer, gritando para eu largar Ayoola.

– Não! – gritei, puxando Ayoola para mais perto de mim. Meu pai não estava por perto e, embora eu soubesse que pagaria pela minha obstinação mais tarde, mais tarde demoraria um pouco. Sua ausência agora me dava coragem, e a promessa de seu retorno me deu determinação.

– Seu pai vai ficar sabendo disso – ameaçou titia Taiwo. Mas não dei a mínima. Já tinha começado a fazer planos na minha cabeça para escapar com Ayoola. Ayoola me segurou mais apertado, mesmo quando prometi que não a soltaria.

– Por favor – mamãe gemeu, de um dos cantos do quarto. – Ela é jovem demais.

– Então ela não deveria ter flertado com o convidado do pai.

Minha boca se abriu em descrença. Que mentiras meu pai contara? E por que ele insistiu que Ayoola fosse encontrar este chefe na casa dele, sozinha? Devo ter proferido a pergunta em voz alta, porque titia Taiwo respondeu: "Ela não estará sozinha; eu estarei lá". Como se isso fosse algum tipo de garantia.

– Ayoola, é importante que você faça isso para o seu pai – ela disse, em uma voz lisonjeira. – Esta oportunidade de negócio é

fundamental. Ele comprará qualquer telefone que você quiser, quando conseguir o contrato. Isso não é ótimo?!
— Não me faça ir — Ayoola chorou.
— Você não vai a lugar nenhum — eu disse.
— Ayoola — titia Taiwo insistiu —, você não é mais uma criança. Você já menstruou. Muitas meninas ficariam emocionadas com algo assim. Este homem lhe dará qualquer coisa que você queira. Qualquer coisa.
— Qualquer coisa? — Ayoola perguntou entre soluços. Dei-lhe um tapa para trazê-la de volta à realidade. Mas entendi. Metade do medo dela era porque eu estava com medo. Ela realmente não entendia o que estavam exigindo dela. Sim, ela tinha 14 anos, mas 14, naquela época, era menos do que 14 agora.

Este foi o último presente do meu pai para nós. Este acordo que ele fez com outro homem. Mas eu havia herdado a força dele e decidi que ele não conseguiria o que queria, não desta vez. Ayoola era minha responsabilidade, só minha.

Peguei a bengala da prateleira e a empunhei diante de mim.
— Titia, se você se aproximar de nós, vou bater em você com esta bengala e não vou parar até ele chegar em casa.

Ela estava prestes a pagar para ver. Era mais alta que eu, mais pesada que eu — mas olhou nos meus olhos e deu alguns passos para trás. Encorajada, dei um golpe em sua direção. Ela recuou ainda mais. Larguei Ayoola e afastei titia Taiwo de casa, brandindo a bengala. Quando voltei, Ayoola estava tremendo.
— Ele vai nos matar — ela chorou.
— Não se nós o matarmos antes.

VERDADE

– Dr. Otumu afirma que ele agiu em legítima defesa e que você pode confirmar isso. Ele diz, e cito: "Ela me avisou que Ayoola havia matado antes". Srta. Abebe, sua irmã já matou antes?
– Não.
– O que você quis dizer quando disse a ele que sua irmã havia matado antes? – Meus entrevistadores falam direito e são instruídos. Mas isso não é nenhuma surpresa. Tade é um médico talentoso em um hospital de prestígio, Ayoola uma mulher bonita de uma família "boa". O caso exige um alto padrão. Minhas mãos estão descansando uma sobre a outra, no meu colo. Preferiria descansá-las na mesa, mas a mesa está suja. Há um leve sorriso em meus lábios porque estou fazendo a vontade deles, e eles devem saber que estou fazendo a vontade deles; mas não é sorriso o suficiente para sugerir que eu acho as circunstâncias engraçadas. Minha mente está clara.
– Um homem morreu de intoxicação alimentar em uma viagem com minha irmã. Eu estava com raiva por ela ter ido com ele, porque ele era casado. Eu acreditava que as ações dela levaram à sua morte.
– E o ex-namorado dela?
– Tade?
– Femi; aquele que desapareceu.
Me inclino sobre a mesa, meus olhos se acendem.
– Ele voltou? Ele disse alguma coisa?
– Não.
Franzo a testa, me inclino para trás e baixo os olhos. Se eu pudesse, soltaria uma lágrima, mas nunca fui capaz de chorar voluntariamente.
– Então por que vocês acham que ela tem algo a ver com aquilo?
– Suspeitamos que...
– Cem suspeitas não são provas. Ela tem 1,60 m. Que diabos

você acha que ela fez com ele, se foi ela que o machucou? – meus lábios estão firmes, meus olhos incrédulos. Balanço a cabeça ligeiramente, para garantir.

– Então você acredita que ela pode tê-lo machucado?

– Não. Minha irmã é a pessoa mais doce que você pode conhecer. Você já a conheceu? – Eles se mexem desconfortavelmente. Eles a conheceram. Eles olharam nos olhos dela e fantasiaram sobre ela. Eles são todos iguais.

– O que você acha que aconteceu naquele dia?

– Tudo que sei é que ele a esfaqueou, e ela estava desarmada.

– Ele disse que ela levou a faca.

– Por que ela faria isso? Como ela saberia que ele ia atacá-la?

– A faca sumiu. A enfermeira Chichi afirma que a registrou depois de ela ser removida na cirurgia. Você provavelmente sabe onde ela estaria guardada.

– Todas as enfermeiras sabem... E todos os médicos.

– Há quanto tempo você conhece o Dr. Otumu?

– Não muito tempo.

– Você já o viu ser violento? – quando eu estava escolhendo minha roupa, escolhi um terno cinza claro. É solene, feminino e um sutil lembrete para a polícia de que não somos da mesma classe social.

– Não.

– Então você admite que não seria característico dele...

– Acredito que acabei de dizer que não o conheço há muito tempo.

FOI

Muhtar foi para casa começar a vida novamente. O quarto 313 está vazio. Sento-me lá mesmo assim, no lugar em que geralmente sentava quando Muhtar ainda estava entre a vida e a morte. Imagino-o na cama e sinto uma sensação intensa de perda, mais do que a que sinto por Tade, que também se foi.

Ele teve sua licença revogada e tem que passar alguns meses na cadeia por agressão. Poderia ter sido muito pior, mas muitos atestaram o fato de que ele era gentil e nunca havia exibido nenhum sinal de violência. Ainda assim, não havia como negar o fato de ele ter esfaqueado Ayoola. E por isso, a sociedade exigiu que ele pagasse.

Não o vejo desde o dia em que aconteceu. Ele foi suspenso assim que ela o acusou, então não sei o que ele está pensando ou sentindo. Mas não me importo muito. Ela estava certa. Você tem que escolher um lado e minha sorte foi lançada há muito tempo. Ela sempre me terá e eu sempre a terei, ninguém mais importa.

Muhtar me deu seu número. Ele escreveu em um pedaço de papel que eu coloquei no bolso do meu uniforme.

Ainda penso em dizer a Ayoola que há alguém lá fora, livre e desimpedido, que conhece seu segredo. Que a qualquer momento, as coisas que fizemos podem se tornar registro público. Mas não acho que vou.

Os lençóis usados na cama de Muhtar não foram trocados. Dá para perceber. Ainda sinto o cheiro dele no quarto – o cheiro molhado e recém-saído do banho que ele ostentava naqueles dias de consciência. Fecho um pouco os olhos e permito que minha mente vagueie.

Pouco tempo depois, pego o telefone da sala e disco o número do quarto andar.

– Por favor, mande o Mohammed descer, quarto 313.

– Mohammed se foi, *ma*.

– Ah... sim, é claro. Mande Assibi.

Nº 5

0809 743 5555
Já digitei este número três vezes e apaguei três vezes. O papel em que o número está anotado não é mais tão liso como já foi.
Mas já estou começando a esquecer sua voz.
Alguém bate na porta.
– Entre.
A doméstica abre um pouco a porta e coloca a cabeça para dentro.
– *Ma*, mamãe disse para te chamar. Tem um convidado lá embaixo.
– Quem é?
– É um homem.
Eu a dispenso, percebendo que ela não pode me dizer mais do que isso.
Ela fecha a porta e olho para o pedaço de papel com o número de Muhtar. Acendo uma vela na minha mesa de cabeceira e seguro o papel sobre a chama até que os números sejam engolidos pela escuridão e o fogo lamba as pontas dos meus dedos. Nunca haverá outro Muhtar, sei disso. Nunca haverá outra oportunidade de confessar meus pecados ou outra chance de me absolver dos crimes do passado... ou do futuro. Elas desaparecem com o papel ondulado; porque Ayoola precisa de mim, ela precisa de mim mais do que eu preciso de mãos não contaminadas.
Quando termino, vou até o espelho. Não estou exatamente vestida para receber convidados – estou usando um *bubu* e um turbante, mas quem quer que seja, vai ter que me aceitar como sou.
Vou pela escada dos fundos, paro na frente da pintura. Vislumbro a sombra evanescente da mulher e, por um momento, parece que ela me observa de um ângulo que não posso ver. O quadro está um pouco inclinado para a esquerda; endireito e continuo. A doméstica passa por mim carregando um vaso de rosas – o preferido dos sem imaginação; mas acho que Ayoola ficará satisfeita.

Eles estão na sala de estar – mamãe, Ayoola e o homem. Todos os três olham para mim quando me aproximo.

– Essa é minha irmã, Korede.

O homem sorri. Eu sorrio de volta.

AGRADECIMENTOS

Agradeço, primeiramente, a Deus.

A Claire Alexander, obrigada, porque sem você e a sua visão, eu ainda estaria empacada no canto do meu quarto, esperando que "o livro" aparecesse. Você é minha fada agente-madrinha. Obrigada a todos da Aitken Alexander, por seus esforços e sua atenção. Sou realmente muito agradecida.

A Margo Shickmanter, minha editora nos EUA, e James Roxburgh, meu editor no Reino Unido, obrigada pela paciência, pelo acolhimento e pela compreensão. Obrigada por acreditar neste livro e em mim. Obrigada por encorajarem que eu me expandisse; acho que o livro ficou muito melhor por isso.

Todos os dias eu aprendo quanto trabalho está envolvido na publicação de um livro, então gostaria de agradecer à equipe da Doubleday e à equipe da Atlantic por seu tempo e seus esforços.

A Emeka Agbakuru e Adebola Rayo, obrigada por lerem, e lerem, e lerem novamente. É uma bênção poder chamá-los de amigos.

Obafunke Braithwaite, você é um saco, mas sem você, tornar-me uma escritora publicada teria sido uma tarefa esmagadora.

Agradeço a Ayòbámi Adébáyò pelo cuidado em colocar os acentos em meu iorubá. Um dia, serei tão fluente quanto um bode de Lagos.

OYINKAN BRAITHWAITE

Nasceu na Nigéria, na cidade de Lagos, onde ainda reside. Tem graduação em Escrita Criativa e em Direito, pela Kingston University, de Londres. Depois de se formar, trabalhou como assistente editorial na Kachifo, uma editora nigeriana, e como gerente de produção na Ajapaworld, uma empresa de educação e entretenimento infantil. Atualmente, Oyinkan atua como escritora e editora freelancer.

Em 2014, foi indicada entre as dez melhores artistas *spoken word* (declamação) no concurso de poesia slam "Eko Poetry Slam", em Lagos, Nigéria.

Em 2016, foi finalista do "Commonwealth Short Story Prize", que premia os melhores textos ainda não publicados do ano.

OBRA

Em 2014, Oyin participou de uma antologia digital de recontos de histórias do folclore nigeriano, intitulada *Icatha - The Soul Eater* (Naija Stories Anthology Book 2).

No entanto, *My sister, the serial killer*, é considerado seu livro de estreia, tendo sido lançado em 2018, nos Estados Unidos. No Brasil, recebeu o título de *Minha irmã, a serial killer*, em edição de 2019, com tradução de Carolina Kuhn Facchin.

fontes	Alfa Slab One (JM Solé)
	Crimson (Sebastian Kosch)
	Ofissina (Jonas Melo)
	Quicksand (Andrew Paglinawan)
papel	Pólen Bold 70g/m²
impressão	BMF Gráfica